Gabriele Wohmann

Scherben hätten Glück gebracht

Erzählungen

Aufbau-Verlag

ISBN-10: 3-351-03081-9
ISBN-13: 978-3-351-03081-0

1. Auflage 2006
© Aufbau-Verlag GmbH, Berlin 2006
Einbandgestaltung Andreas Heilmann, Hamburg
Druck und Binden Pustet, Regensburg
Printed in Germany

www.aufbau-verlag.de

Inhalt

Wings 7
Big Thicket 21
Countdown 37
Endlich Falten 41
Das Amerikagefühl 45
Du kriegst nichts geglaubt 65
Angerührtes Mehl 67
Ballonfahrer 71
When in Rome 83
Heiraten oder nicht 97
Frau Kaisers Rezepte 103
Komisch, nichts weiter 123
Bill hat ein Bällchen, und das ist rund 131
Das Schicksal der kleinen Dolores 135
Babys im Streß 159
Sprechblasen 165
Der Rivale 171
Die Hauptperson 175
Das Geburtstagsherz 189
Scherben hätten Glück gebracht 195

Wings

Aber du doch nicht! Die beiden anderen Frauen hinter der Theke des *Wings* widersprachen unisono. Ausgerechnet du mit deinem Aufwischfimmel, sagte Zita. Du nervst, stimmts, Bertie?

Bertie sagte: Klar. Dir kann das nicht passieren, jemand, der dauernd alles blank wischt und wenn hundertmal der nächste Fettspritzer in der nächsten halben Minute fällig ist, so jemand wird nie und nimmer verwahrlosen. Gibs auf, Frida, wir kennen dich besser. Die Frauen seufzten gutmütig.

Im *Wings* war um diese Zeit, nachmittags gegen vier, wenig los. Bevor die zwei Burschen an der Frittiertrommel Pause gemacht hatten, der eine war zum Rauchen ins Freie gegangen, der andere füllte seinen Lottoschein aus, hatten sie über Motorräder geredet. Obwohl keine Kunden da waren, brutzelte das Fett für die *Wings*. Es heizte den Laden auf, so daß es drin noch etwas heißer war als draußen, und die Frauen schwitzten. Da aber plötzlich jemand reinkommen konnte, zogen sie ihre roten Basecaps mit der weißen Aufschrift *Wings* nicht vom Kopf. Bertie hatte schulterlange Locken, Zita und Frida trugen ihre glatten Haare im Nacken aufgesteckt oder zum Pferdeschwanz gebündelt, je nachdem. Frida fiel ein, daß die Kolleginnen sich täglich beim Duschen die Haare wuschen, und sie sagte: Nehmt mal zum Beispiel Duschen, Haarewaschen, jeden Morgen. Und daß ihr es macht und daß ich es nicht mache. Ich habe schon so eine Tendenz in mir, ich meine eine Tendenz zur Schlamperei. Gut, hier mit den Fettspritzern und den Klecksen von der roten Sauce bin ich pingelig. Ich nehme an, es ist irgendwie neurotisch. Das meiste bei mir ist das, neurotisch.

Ulla Kleber hat mal eine Therapie wegen seelischer Störungen angefangen, und das ist eine ganze Weile her, und sie hat bis heute nicht damit aufgehört, sagte Bertie.

Die lassen dich so leicht nicht mehr los, diese Psycholeute, sagte Zita.

Es könnte schlimmer mit mir werden, und dann würde es bei mir auch so ausgehen. Ich könnte wie diese alte Frau enden. Frida fixierte den Wischlappen in ihrer rechten Hand, aber sie sah so aus, als würde sie ihn überhaupt nicht erkennen, als würde sie werweißwas erblicken.

Alle drei hatten gestern abend diese trübsinnige Reportage gesehen. Eine dreiundneunzigjährige Frau war gestorben. In ihr kleines Haus verkrochen, hatte sie keinen mehr eintreten lassen, und das seit ein paar Jahren schon. Über den Gartenzaun weg konnten die Nachbarinnen noch mit ihr reden, wenn sie auf ihrem minimalen Grundstück herumwirtschaftete, sie buddelte Kartoffeln ein und wieder aus und zog ein bißchen Grünzeug. In der Reportage hatten die Nachbarinnen gesagt: Es war ja nicht mehr an sie ranzukommen. Sie war eigenbrötlerisch, hatte ein Nachbar gesagt, wie die Alten so sind. Dazu hatte er ein bißchen gelächelt, er war selber ein Alter, aber das wurde ihm nicht bewußt. Kein Zutritt also, das Haus tabu, und nachträglich wunderte das keinen mehr. Die alte Frau mußte sich immerhin geschämt haben. Sie mußte gewußt haben, in was für einem Dreck und in welcher Verkommenheit sie hauste.

Den Beruf möchte ich nicht haben, was genau war er, dieser ältere Mann von der Behörde, Einwohnermeldeamt oder was weiß ich ... Zita lupfte die Kappe, stülpte sie wieder über.

Er war sehr behutsam, fand ich, ich fand ihn richtig pietätvoll, sagte Frida. Er stand da in diesem schmutzigen

Schlamassel und behielt die Ruhe. Es war, als würde er vor sich hin reden, als wäre überhaupt kein Fernsehteam da.

Das sind Nachlaßpfleger, die so was machen müssen, sagte Bertie. Und er war einer, ein Nachlaßpfleger. Die Behörde schickt sie, wenn keine Erben da sind, die sich drum kümmern, was mit dem Krempel passieren soll. Das muß dann der Nachlaßpfleger außerdem noch tun, nach irgendwelchen Angehörigen fahnden. Nach irgendwelchen Hinweisen auf Leute, die diese Arbeit eigentlich machen müßten.

Der Mann war in Zivil. An den Unrat, durch den er sich wühlen mußte, war er von vielen Hinterlassenschaften gewöhnt, trotzdem sagte er einmal: Man gewöhnt sich nie dran. Die Frauen erwähnten das und daß man den Eindruck gehabt hatte, der Nachlaßpfleger hätte dabei nicht vor allem anderen an Ekel und Widerwillen gedacht, vor allem anderen schien er bedrückt zu sein: wieder eine Verlassenheit, wieder ein vereinsamter uralter Mensch, der sich aufgegeben hatte. Ein jüngerer Mann, der in seiner Plastikschutzkleidung wie aufgeblasen aussah, sortierte aus dem Gerümpel ein Porzellanservice, eine geschnitzte Hirschfigur, von der sein älterer Kollege meinte, sie wäre vielleicht ein bißchen was wert, einen Meisterbrief im Holzrahmen von der Handwerksinnung, ab und zu kleine zerschlissene und verstaubte, von fasrigem Spinnweb flusige Koffer und Taschen, in denen sein Vorgesetzter vergilbte Dokumente und Photoalben fand, vorsichtig entnahm, prüfte; der Mann im durchsichtigen Plastik erledigte die Vorstufe für die Entrümpelung.

Die Frauen hatten das offenbare Geheimnis der Toten, die Verkommenheit, das dreckige Chaos, grausig, skandalös gefunden. Und gewiß auch traurig. Als einzige Gesellschaft duldete die Tote Ungeziefer und Mäuse, die sich bei ihr überfressen hatten. Dieser Stuhl riecht schon von weitem nach Urin, hatte der Nachlaßpfleger in aller Ruhe festgestellt, das Bett auch. Auf dem Stuhl lagen alte Kissen, alte Decken auf dem Bett.

Frida sagte: Ich sah mir das an und dachte, wie leicht man dahin kommen kann. Wie leicht es ist, es so weit kommen zu lassen.

Die zwei anderen protestierten wieder, und Bertie sagte: Ich hatte mal nachts ein Malheur, ist jetzt zwei Jahre her, und ich sagte mir, Bertie, du bist noch nicht im Alter für Blasenschwäche, und obwohl es damals sicher psychogen war, weil ich mal wieder Streß mit Fred hatte, ging ich zum Urologen, und der gab mir was, und schon wars aus und vorbei mit dem Spuk. Man muß was tun. Das ganze Leben lang muß man auf sich aufpassen und was tun.

Ein Kunde betrat den Laden, und einer der Frittierburschen kam durch den Hintereingang und war zur Stelle. Zita war es, die von ihrem Barhocker aufstand, dienstbereit. Sie hatte wie die zwei anderen den Kunden mit *Hallo* begrüßt, stand ihm mit Fragezeichengesicht, hochgezogenen Augenbrauen gegenüber.

Zehn, sagte der Kunde, bitte.

Der Bursche schmiß zehn bleiche staksige Wings ins schmurgelnde Fett. Der Kunde, ein Mann unbestimmbaren Alters und trotz der Hitze in einer abgewetzten Lederjacke, sah so aus, als wäre er bloß aus Langeweile in den Laden gegangen. Er sah nicht nach Appetit aus. Er orderte eine Cola. Wahrscheinlich wollte er bloß ein bißchen unter Menschen sein. Verdammt heiß heute, sagte er.

Kann man sagen, sagte Zita. Welche Sauce?

Gibts verschiedene?

Wir haben drei: scharf, mittelscharf, extrascharf.

Der Mann war unentschlossen. Vielleicht ganz ohne. Gehts auch ganz ohne Sauce?

Machen wir sonst nie. Aber warum nicht?

Geben Sie mir extrascharf.

Also doch mit Sauce. Zita klang nach unterdrücktem Gähnen. Sie löste ein Pappschiffchen vom Stapel.

Ich möchte sie hier essen. Der Mann deutete auf das Schiffchen.

Das bleibt sich gleich. Take-away oder hier drin, wir servieren nicht auf Tellern, sagte Zita.

Ich habs mit Extrascharf bestellt wegen der Hitze, wegen Afrika. In Afrika essen sie sehr scharf. Der Mann probierte aus, ob er lachen konnte. Vielleicht würde jemand im Laden dann auch lachen, und etwas käme in Gang. Bis jetzt hatten sich die beiden anderen Frauen rausgehalten, der Bursche machte sowieso nie den Mund auf, und sie hatten zum Tresen geschaut, weil sonst nichts los war, aber jetzt sagte Frida halblaut zu Bertie: Er will reden. Er will, daß Zita mit ihm redet. Danach lachte sie, laut genug für den Mann.

Der Typ in der Geschichte hat die mittelscharfe Sauce bestellt, sagte der Mann.

In was für einer Geschichte? rief Frida nach vorne.

Zita klatschte die dicke grellrote Sauce auf die gebräunten Wings, legte eine Serviette neben das hochgefüllte Pappschiffchen und schob es dem Kunden hin.

Eine reicht nicht, sagte der. Rücken Sie ruhig noch zwei, drei raus. Keine Ahnung, wie man das anständig essen soll, die Finger werden garantiert ganz schön fettig. Er lachte wieder. In der Geschichte war es anscheinend kein Problem, jedenfalls wird es nicht erwähnt. Ach so, die Geschichte. Ein Freund hat sie mir neulich gegeben und gesagt, lies die mal, sie paßt genau auf dich und wie du lebst. Eigentlich bin ich bloß wegen der Geschichte hier reingekommen. Das muß mehr als ein Zufall gewesen sein, dachte ich, es muß was bedeuten, *Wings*-Buden habe ich hier noch nirgendwo gesehen ... viel zu heiß, um was Heißes zu essen, aber als ich den Laden sah ...

Das bei uns, das ist ein sonniger Fleck, sagte Bertie, die mit Frida ihre Barhocker zum Tresen gezerrt hatte, und wenn es hundertmal ringsherum rabenschwarz ist von Unwettern, an uns zieht alles vorbei, als wäre da irgendeine Sperre am Himmel.

Kein Tropfen fällt, wir trocknen einfach aus, sagte Frida, und Zita, wie angesteckt von den zwei anderen, beschwerte sich über die verdorrten Pflanzen in ihrem kleinen Garten: Abend für Abend plagen wir uns mit Gießen ab.

Das ist es wieder, sagte Frida. Du gießt noch. Ich erlasse mir immer mehr. Ich sag mir, das ist deine Freiheit. Das Nachthemd waschen? Du kannst es ebensogut morgen machen. Du kannst alles mögliche ebensogut irgendwann mal machen. Bis du es überhaupt nicht mehr machst. Du siehst es einfach nicht ein. Es zu machen. Und dann wird es wie bei dieser alten toten Frau. Frida erklärte dem Mann: Wir haben gestern eine Reportage über einen Nachlaßpfleger und was der bei Vereinsamten und Heruntergekommenen zu tun hat gesehen. Bei Gestorbenen. Ohne Verwandtschaft oder mit irgendwelchen Verwandten, die sich nicht mehr haben blicken lassen. Und als ich zusah und hinterher immer wieder, dachte ich, so wie die Alte aus dem Film könnte auch ich eines Tages enden.

Sie ist geschieden, unsere gute Frida, Kinder hat sie auch keine, erklärte Bertie.

Leute, die nur für sich allein zu sorgen haben, kommen leicht auf übergeschnappte Gedanken, sagte Zita.

Ich verstehe es gut, sagte der Mann. Und zwar verstehe ich es, obwohl ich ein Familienleben habe. Manchmal, mittendrin in diesem Familienleben, passiert was mit mir, es ist, als würde etwas in mir reißen, es ist wie ein Riß, und ich gehöre plötzlich überhaupt nicht mehr dazu, ich kenne sie alle überhaupt nicht und bin ein Fremder.

Das ist aber nicht diese Geschichte, die Sie gelesen haben und wegen der Sie ins *Wings* gekommen sind, sagte Bertie.

Sie essen nicht, sagte Zita. Besser, Sie lassen das Zeug nicht kalt werden.

Laß ihn doch seine Geschichte erzählen, sagte Frida.

Na schön, sie spielt auch in einem *Wings*, sagte der Mann, irgendwo in den USA, in irgend so einem Kaff im Mittleren Westen und auch bei Hitze. Aber Bruno hat mir diese Geschichte nicht deshalb gegeben, weil er weiß, daß ich ein paar Jahre in Minnesota gelebt habe und ein bißchen rumgekommen bin, ob Sie es glauben oder nicht, ich war in einem Ort mit dem Namen *Normal*, genau wie unser *normal* ..., der Mann lachte, *normal* hatte er deutsch ausgesprochen, und die Frauen reagierten mit *O nein!* und seufzendem Gekicher. Ich sah Bruno an, daß er an irgendwas Versponnenes dachte, verträumt sah er aus, wie einer, der versucht, was Seltsames zu kapieren, und nachdem ich die Geschichte gelesen hatte, kapierte wieder ich, ich meine, warum der Typ diesen Eindruck machte, und nun rätselte auch ich daran herum ... falls Sie mir folgen können.

Ich nicht, sagte Bertie, ich kanns nicht.

Da müßte man schon mehr wissen, bis jetzt kann ichs auch nicht, sagte Zita. Bei uns ist nur Frida fürs Übersinnliche zuständig.

Quatsch, sagte Frida, hören Sie nicht drauf.

Ein bißchen crazy, sagt Bertie.

Stimmt schon, bis jetzt kann da keiner draus schlau werden. Der Mann hatte seine Wings noch immer nicht angerührt, und nun rückte er die Portion weit von sich weg nach rechts, stützte sich auf seine Ellenbogen. Der Mann in der Geschichte war auf der Durchreise, so wie ich heute, sagte er.

Wo solls denn hingehen? fragte Bertie.

Irgendwohin, nur weiter, alles andere ist mir egal.

Glücklich, wer so leben kann. Zita seufzte. Was sagt denn Ihre Familie dazu?

Ihre Frau vor allem? fragte Bertie.

Weiß ich nicht. Und glücklich ... weiß ich auch nicht.

Der Mann fingerte aus einer Innentasche seiner alten Lederjacke eine Packung Pall Mall, schnickte einen Schub Zigaretten hervor und bot sie den Frauen an; er klopfte sich ab, fand ein hellgrünes Feuerzeug, wartete mit dem Anzünden, bis Bertie und Frida zugegriffen hatten, nur Zita sagte: Danke, besser nicht. Der Chef sieht es nicht gern, wenn wir hier drin rauchen.

Der kommt erst gegen sechs, und solang nichts los ist ... Frida schob die Hand des Mannes und damit die Flamme des Feuerzeugs etwas nach oben. Damit ich mir nicht meine Fransen verbrenne, sagte sie. Zita, wenn Bertie und ich fertig sind, kannst du dir eine genehmigen. Eine von uns sollte immer bereit sein, einen Kunden zu bedienen, erklärte sie dem Mann. Wissen Sie, ich bin neugierig auf Ihre Geschichte, und trotzdem muß ich immer wieder an diese Tote und an den Nachlaßpfleger denken. Und zwar im Zusammenhang mit Ihrer Geschichte. Fast fürchte ich, die Geschichte wird mich enttäuschen, denn irgendwie habe ich damit angefangen, mir was davon zu versprechen, so etwas wie eine Antwort ...

Wer sagts denn! Zita lachte. Und das soll nicht übersinnlich sein! Vornehm ausgedrückt!

Alle lachten, nur der Mann nicht, dann sagte Frida: Kann verrückt sein, aber Ihr Freund, Bruno, oder?, der ist es auch, so ein bißchen verrückt, oder? Von da an hörte Frida sich wie in Trance an, wie von weit her. Wasch ich mein Höschen, oder laß ich es sein? Ich machs längst nicht mehr jeden Abend, ich machs nur noch jeden zweiten Abend, und ich könnte die Abstände vergrößern, ich spüre irgendwas im Kopf, wie ein Ticken, wie bei der Blinden-Fußgängerampel Kennedyplatz, und das ist die Gefahr ... ich habe mir schon eine Menge erlassen und es Freiheit genannt, machs morgen, machs irgendwann, und ich weiß nicht mehr, ob mich das wirklich immer freier macht oder ob es mich beunruhigt ...

Der Frittierbursche trottete mit einem stimmbrüchigen Kiekserlachen ab.

Zita sagte, jetzt wäre sie dran mit dem Rauchen, und griff nach der Pall-Mall-Packung, die auf der von Frida blank gewichsten Theke lag: Ich bediene mich mal, okay? Das Angebot gilt doch noch?

Der Mann sagte: Klar tut es das. Er war schon bei der zweiten, und nach einem tiefen Zug atmete er aus, wedelte den Qualm weg. Eine Antwort? Weiß ich nicht, Antwort ... ich selbst habe noch keine rausgefunden. Auf den ersten Blick denkt man, man weiß, was gemeint ist, aber dann denkt man, es müßte mehr dahinterstecken.

Er machts spannend, sagte Bertie.

Besser, man läßt ihn mal zu Wort kommen. Zita inhalierte paranoid. Fridas Höschen, das kennen wir mittlerweile. Was also passierte mit dem Durchreisenden in diesem gottverlassenen *Wings*?

In diesem gottverlassenen *Wings* hatte jemand ein Schild gebastelt und über dem Fett-Trog aufgehängt, und von der Hitze, die zu dem Schild aufstieg, drehte es sich, erzählte der Mann, und damit es sauber blieb, hatte dieser Jemand die Druckbuchstaben der Aufschrift mit durchsichtiger Folie in vielen schmalen Streifen überklebt. Und die Aufschrift ging so oder bis auf ein Wort, bei dem ich nicht ganz sicher bin, ungefähr so: »Leben ist etwas, das passiert, wenn du Pläne machst.«

Die Frauen bekundeten ihr respektvolles Staunen phonetisch: Ah, oh, bis Frida sagte: Man muß sich das erst mal durch den Kopf gehen lassen.

Was ist das eine Wort, bei dem Sie nicht ganz sicher sind? fragte Bertie, und Zita sagte, sie hätte den Satz sofort verstanden, und Frida übertönte beide mit dem Zuruf: *Wenn!* *Wenn* ist das Wort!

Stimmt genau, sagte der Mann. Vielleicht stand da statt *wenn während*.

Es sollte *während* heißen, sagte Frida. *Während* es stattfindet. *Während* ist besser.

Das kennt man, sagte Zita, die Leute denken immer, sie verpassen was.

Tun sie ja auch, oder? Bertie lachte.

Irgendwas verpaßt jeder, sagte Zita. Du kannst nicht alles in ein Leben reinstopfen. Die Leute träumen zu viel. Man muß auf dem Boden bleiben, und dann lebt man auch.

Für den Typen in der Geschichte war es wie Aufwachen, sagte der Mann. Nicht wie Träumen.

Irgendwie imponiert es mir, einfach so als Satz. Aber dann finde ich es auch banal, sagte Frida. So ähnlich wie das, was Zita meint: Was die Leute so sagen, du verpaßt es, zu leben. Nur, was ist das groß anderes, leben. Tut mir leid, wenn ich Sie enttäusche.

Der Mann schüttelte den Kopf, winkte ab, sagte: Macht nichts.

Bertie, wie meistens mit einem Lachen in der Stimme, sagte: Es heißt, das Leben geht an dir vorbei, du denkst an die Zukunft, das ist das mit den Plänen, und in der Gegenwart tut sich nichts.

Das kommt auf dich selber an, sagte Zita. Mach was draus, häng nicht rum. Sie seufzte, wandte sich an den Mann: Wissen Sie, ich habe nicht genug Zeit zum Hin- und Hergrübeln. Überhaupt, wenn man Familie hat, muß man Pläne machen, und ich weiß nicht, wieso man dann nicht lebt. Anschaffungen, oder nehmt Urlaub …

So was hat der mit der Schild-Idee nicht gemeint: Urlaub! Frida klang verächtlich, aber Zita entgegnete aufsässig: Ich lebe, im Urlaub. Und sonst auch. Da sind die Kinder …

Trotzdem, das hat er nicht gemeint, der aus der Geschichte, sagte der Mann, er rauchte schon wieder. Kann man ein Bier haben? Wie ich sehe, haben Sie sogar Guinness. Er hat nicht das Übliche gemeint.

Bertie übernahm es, dem Mann sein Guinness zu zapfen, und Frida sagte: Ich habe mit Plänen längst aufgehört, aber *lebe* ich? Wenn das die Voraussetzung ist, ich meine, daß ich nichts mehr plane?

Zita erinnerte an die verwahrloste Tote aus der Reportage und an ihren Unrat, durch den sich der Nachlaßpfleger pflügen mußte, und Frida sagte: Mit dreiundneunzig, was sollte sie planen? Sie fragte: Krieg ich noch eine?, und der Mann schüttelte ihr aus der Packung eine Zigarette, und beim Anzünden schubste Frida wieder die Hand mit dem Feuerzeug ein wenig aufwärts. Allerdings muß diese einsame Alte viel früher schon mit allem Schluß gemacht haben. Wie geht es denn weiter in der Geschichte?

Ändert jemand sein Leben, der Held, ändert er was? fragte Bertie.

Wer weiß, vielleicht irgendwann, sagte der Mann. In der Geschichte kommt davon nichts vor. Nichts passiert. Alles hört auf, wie es angefangen hat, einfach so mittendrin im Leben von Leuten an einem heißen Tag irgendwo im Mittleren Westen. Der Mann trank sein Guinness aus. Er griff nach der Pall-Mall-Schachtel, legte sie wieder hin. Ich habe es übrigens beim Nacherzählen schon gemerkt, ich meine, die Wirkung schwächt sich ab, der Satz ist plötzlich beinah nur noch ein Satz, sagte der Mann.

Oh, rief Bertie, ihr kleines Gesicht wurde dramatisch. Und wir sind schuld dran! Zita, sie ist immer so übervernünftig.

Nein nein, sagte der Mann, niemand ist schuld dran.

Kann es nicht sein, daß der Satz einfach nur gut klingt? Er klingt so nach Botschaft, sagte Frida. Vielleicht hat das der, von dem die Geschichte ist, der Schriftsteller, vielleicht hat er das auch gemerkt und deshalb mittendrin aufgehört.

Weiß ich nicht, sagte der Mann. Sein Durchreisender ist Feuer und Flamme für den Jungen, der das Schild ge-

17

bastelt hat, der Junge gesteht dann zwar, daß der Satz nicht von ihm ist, aber das macht dem Durchreisenden nichts aus. Denn der Junge hat sich den Satz gemerkt und ihn wichtig gefunden und sich die Mühe mit dem Schild gemacht und es im *Wings* über der aufsteigenden Hitze aus dem Fettbottich aufgehängt, und er feiert den Jungen, redet wie ein Wasserfall auf ihn ein und lobt und lobt ... er ist ganz durcheinander ...

Und dann hört es wirklich auf? fragte Bertie. Sonst nichts?

Sonst nichts. Die Geschichte hört auf, sagte der Mann.

Sie scheint trotzdem gut zu sein, sagte Frida. Eine gute Geschichte. Wenn alles offen bleibt ... wie im Leben.

Ich weiß nicht, sagte Zita, ich finde, man vermißt da was. Ich lese lieber Sachen mit einem richtigen Schluß. Mit Problemen, okay, aber dann werden die gelöst. Sowieso lese ich eigentlich nur Romane. Sie seufzte, ihr Ausdruck wurde vorwurfsvoll. Wenn überhaupt. Wenn überhaupt Zeit bleibt für so was wie Lesen.

Bei Ihnen, Frida wandte sich an den Mann, der vor sich hin brütete, bei Ihnen war es wahrscheinlich so mit dem starken Eindruck und daß der stärker war als bei mir ... möchten Sie noch ein Guinness?

Danke.

Danke: was?

Besser nicht, danke.

Sie hat es mehr erwischt als mich, weil Sie noch mitten im Plänemachen sind, und ich habe das ja längst aufgegeben, sagte Frida. So könnte das gewesen sein, oder?

Keiner hatte die Lastzüge auf dem Parkplatz gehört, und plötzlich drängte ein Schwall Kunden in den Laden, die Frittierburschen erschienen an ihren Plätzen, und die Frauen waren beschäftigt. Sie bekamen noch mit, daß der Mann seinen Platz am Tresen frei machte, mehr nicht. Keine hatte ihn weggehen gesehen.

Das ist wie in seiner komischen Geschichte, sagte Zita. Hört auch mittendrin auf. Nichts für mich.

Bertie gab zu bedenken, daß sie versäumt hatten, sich um ihn zu kümmern, und Frida sagte: Die Reportage mit dem Nachlaßpfleger hatte auch keinen Schluß. Es war eine gute Geschichte, seine. Wie im Leben.

Big Thicket

Gut, wenn ihr wollt, mache ich weiter, sagte Simon, aber jeder konnte ihm ansehen, daß er noch an sein Problem mit Roberta dachte. Und wir dachten auch daran, als er damit anfing, daß unter günstigeren Bedingungen alles hätte besser verlaufen können, und vielleicht meinten er und wir das gleiche mit diesen günstigeren Bedingungen. Mit weniger Zähnen im Mund – ihre Vorderzähne oben und unten sind wie übereinandergestapelt –, könnte Simon sich vorstellen, Roberta zu küssen, das wäre das eine. Wir alle finden es wichtig für ihn, daß er endlich wieder eine Frau hat, und Roberta ist in Ordnung, aber da sind diese Zähne, und einer vorne ist auch noch bläulich. Und das andere: Mit einer besseren Ausrüstung wäre die kleine Exkursion der beiden vielleicht ein Erfolg gewesen. Roberta hatte Simon immer wieder mit dem Big Thicket in den Ohren gelegen und daß sie es ihm unbedingt eines Tages zeigen wollte, und sich als fröhliche Prophetin aufgespielt (aber nett, auf ihre immer etwas penetrante Art doch nett) und vorausgesagt: Und dieser Tag wird kommen, Simon! Roberta ist ein bißchen eine Bildungstante, und sie muß die wichtigsten Sachen gesehen oder wenigstens, wenn es gar nicht machbar ist, darüber gelesen haben. *Machbar* ist aus ihrem Wortschatz, und sie hält mehr dafür als Leute wie wir und auch als Simon, und als der sich, bevor sie loszogen, über kommende Strapazen beklagt hat, habe ich gesagt: Aber irgendwas muß dich doch daran verlocken. Er hat sich damit verteidigt, daß wir ihm zugeredet hätten, weil wir hofften, es würde was Handfestes zwischen ihm und Roberta, etwas für immer, und außerdem wüßten wir ja, daß er jemand wäre, der nicht nein sagen könnte. Da hat dann keiner von uns mehr widersprochen. Wir haben gelacht, Simon auch. Ein bißchen Reiselust muß er doch gehabt haben. Es wäre ein Naturschutzgebiet, in das sie führen, das Big Thicket, und Simon sagte: Ganz schön gefährlich, mit einer Botanikerin dorthin zu gehen. Das wird eine einzige riesige, endlose Unterrichtsstunde.

Dann wird *sie* nicht dauernd darauf warten, daß du sie küßt, und *du* brauchst nicht dauernd an ihre Doppeldeckerzähne zu denken. Damit und mit noch ein paar Flachsereien, bei denen er aber tüchtig mitmachte, und natürlich mit Bier und Schnaps besserten wir die Stimmung auf. Und ganz ähnlich wie damals saßen wir auch heute wieder zusammen, nach seiner Tour, nur war das jetzt ein düsterer Nachmittag mit Schnee im Regen und kaltem Südwestwind, der ab und zu nasse Böen gegen die Fensterscheiben schleuderte. Wieder, weil die am meisten Platz haben, bei den Weppers, und weil ich drum gebettelt hatte, machten sie den künstlichen Kamin an, sie haben einen speziellen, der sogar knistert.

Simon erzählte: Wir hatten also verdammt primitive Camping-Bedingungen. Roberta sagte, ich bins gewöhnt, und lagerte sich im Einmannzelt aus, so hatte immerhin ich den Verschlag im Wagen, trotzdem, ein Viersternehotel war es nicht.

Habt ihr es irgendwie peinlich gefunden, das Drum und Dran vor der Nacht, die Frage lag doch in der Luft, wie man das mit dem Schlafen organisiert, zusammen oder getrennt? wollten wir wissen, und ob Simon den Eindruck gehabt hätte, Roberta würde auf ein Zeichen von ihm lauern? Obwohl, Roberta ist überhaupt nicht der Typ dafür, aber unter diesen ausgefallenen Bedingungen? Da wisse man doch nie ... und so weiter.

Simon antwortete ganz fest, nein, die Ausnahmesituation hätte Roberta nicht verändert, sie wäre genau die Roberta geblieben, die sie auch zu Haus in der Stadt ist, keine Frau fürs Flirten, eher etepetete.

Trotzdem, sie rechnet mit einer Zukunft. Mit einer festen Bindung. Und so was fängt an mit dem Küssen, keine Frau auf der Welt, die das anders sieht. Und damit kommt das verdammte Problem mit der verdammt zu großen Zahnportion wieder auf. Im Qualm seiner Pfeife atmete Simon jedesmal, wenn er an Robertas überfülltes Gebiß dachte, seine Seufzer aus.

Als erstes besuchten wir ein Museumsdorf, und ich fand es langweilig, und überhaupt habe ich mich während der ganzen Zeit hundertmal weggewünscht, aber das Verrückte ist, nachträglich möchte ich es nicht missen. Auf der Fahrt runter in den südöstlichen Winkel von Texas bis ziemlich nah der Grenze zu Louisiana haben wir uns am Steuer abgelöst, ich hätte es von ihr nicht erwartet, aber sie fährt nicht schlecht, es ist ja zwar nicht logisch, aber ich würde es immer wieder denken: Eine so kleine Frau und der dicke, große, schwere Tramper, das paßt nicht zusammen. Na schön, und am dritten Tag gegen Abend waren wir am Ziel, dem Big Thicket. Das wird von zwölf separaten Territorien, acht Landarealen, vier Flußkorridoren gebildet, und das Besichtigungswürdige ist oft viele langweilige Meilen voneinander getrennt. Es hat was von einer Inselkette. Man fährt also endlos herum, und Roberta hielt ihre kleinen Vorträge: Sümpfe wie im Südosten der USA, dann aber auch Prairie, dann südwestliche Wüstenflora, immerzu stiegen wir aus, und sie zeigte mir einzelne Pflanzen. Wir kamen in dichte Wälder, die würden an die Appalachen-Bergkette im Nordosten erinnern, sagte sie, obwohl sie nie in den Appalachen war, und als wir durch die Savanne fuhren, erzählte sie, die hätte früher von Kanada bis zum Golf von Mexiko gereicht. Immer wieder kamen wir an kleineren Feuerstellen vorbei, natürliche Feuer, die da von selbst brannten, wußte sie. Sie deutete auf einzeln herumstehende Eichen: Die sind als einzige überlebensfähig, und gerade weil so wenige in der Ebene verstreut übriggeblieben sind, prägen sie das Bild der Savanne. Ich habs euch schon gesagt, an Ort und Stelle bin ich wie blockiert gewesen, und mir ist Robertas Unermüdlichkeit ganz schön auf den Geist gegangen, aber jetzt, nachträglich, bin ich beeindruckt, und zwar ziemlich stark. Dort wars mir dauernd zu viel pure Natur, und ich war scharf drauf, endlich nach Beaumont zu kommen; aber hier ist mir alles zu sehr Stadt, Fassaden, Beton, Asphalt, und ich kriege so etwas wie Heimweh, sogar nach den Sümpfen, wo du Probleme hast mit dem Atmen, weil es so dampfig ist. Kletterwurzelbäume muß man gesehen haben, Sumpfzypressen, Bäume mit den Wurzeln in der Luft, und auch diese verlassen im flachen Savannengraugrün aufragenden Eichen. Übrigens war die feuchte Luft besser für Robertas Zähne. In der trockenen Prairie hatte sie Schwierigkeiten, den Mund zuzukriegen. Die Lippen schafften es nicht über dem holprigen Oberkiefer, und ihre Zunge mußte erst alles naßmachen, nur ist ja dann auch die Zunge trocken. Simon machte das vorsichtige Gesicht, das er immer hat, wenn er an all diese geschachtelten, übereinanderverschobenen Zähne denkt, er hat mal gesagt, sie würden ihn an Hütten in Slums erinnern.

Simon, mal was Konkretes zwischendurch, das mit den Zähnen kann nicht das einzige Handicap gewesen sein, sagte Pamela, und als sie wissen wollte, wie das mit dem Pinkeln und ähnlichem gewesen wäre, traf sie einen Punkt, auf den wir andern auch neugierig waren, wir hatten nur nicht daran gedacht. Könnte ja ein bißchen peinlich gewesen sein, wegen der paar einzelnen Eichen in der Savanne.

Wir beide haben Ehen hinter uns, und Roberta außerdem schon x Expeditionen, und so schüchtern und rührmich-nicht-an-artig, wie sie wirkt, ist sie gar nicht. Simon sagte, ihre Ungeniertheit hätte ihn auch verblüfft. Aber dann war es natürlich eine große Erleichterung.

Und wo wann wie habt ihr gegessen?

Über das *wie* sollte man besser nicht nachdenken, es war eintönig, aber damit hatte ich gerechnet, und Roberta ist, wenn sie Jagd macht auf ihren botanischen Kram, noch genügsamer als sonst. Abends aßen wir in den Food-Baracken auf den Campingplätzen, für tagsüber hatte sie so ein paar Variationen von Schiffszwieback, ich meine, irgendwelches Dauergebäck, und dann noch Himalaja-Corned-beef, solche Sachen zum Überleben. Und mengenweise Getränkekästen. Ich habe ja am Anfang schon gesagt: Wenn alles etwas komfortabler gewesen wäre, hätte man mehr davon profitiert. Die Klimaanlage im Tramper hat nur so gestottert, falls sie nicht ganz ausfiel. Trotzdem und total verrückt, jetzt hier, wo alles wieder funktioniert und ich essen kann, wozu ich Lust habe, jetzt fällt mir das Karge wieder ein, und ich finde es gut.

Es hat funktioniert, es hat ihn abgelenkt, dachten wir alle, die wir ihm zu diesem Unternehmen zugeredet hatten. Simon hat ein bißchen zu viel auf einmal hinter sich: Zuerst ist Felix, sein fünfjähriger Sohn, an den Folgen eines Unfalls gestorben (er geriet mit seinem Fahrrad zwischen die Schienen der Hafenbahn, und ein Laster konnte nicht mehr rechtzeitig stoppen), dann war es Trudy, seine Frau, die es nicht schaffte, sich von einer Lungenentzündung zu erholen, sie hatte einfach so kurz nach Felix' Tod keine Widerstandskraft mehr, und alle tuschelten von so etwas wie verstecktem Selbstmord und daß sie keine Lust zu leben mehr gehabt hätte. Anfangs hat Simon diese Katastrophen ganz gut gemeistert, zwei Trauerfeiern, zwei Urnenbestattungen, die das Schlimmere waren, beide Male hat es geregnet, als er und ein paar engere Freunde hinter dem Friedhofsmann über den düsteren Friedhof getrottet sind. Aber dann kam eine Katzenjammerzeit, und danach hat er sich irgendwie verhärtet. Wehe es kam einer und wollte ihn trösten, am gereiztesten hat er auf fromme Sprüche reagiert, und bei ihm im Haus hat nichts mehr so richtig funktioniert. Deshalb haben wir uns für ihn Ablenkungen ausgedacht, sind schließlich auf Roberta gekommen, und die wollte ins Big Thicket und daß er mit ihr fahren sollte.

Obwohl also Roberta in den delikateren Angelegenheiten unkompliziert war, hatte Simon sich auf Beaumont gefreut. Man konnte sich endlich mal richtig waschen, erzählte er, und wenn es auch ein einfaches Hotel war, so hatte ich doch ein ordentliches Bett in einem Zimmer mit Tür und Schlüssel. Im Hafen lagen Tanker und löschten die Ladung, ich sah vom Fenster aus zu, bin bis auf ein bißchen Einkaufen überhaupt nicht rausgegangen, nach all dem Leben im Freien. Roberta hat die ganze Stadt an einem einzigen Tag erobert, aber dann zog er sie weiter, ihr Naturfimmel. Pausiert haben wir nur kurz in Spindeltop, das war nach dem Ölfund Boomtown, jetzt ist es belanglos, öde Viertel, leerstehende Häuser. Und schnurgerade gings die Route 69 in nördlicher Richtung rauf, links und rechts gesäumt von Kiefernwäldern, da und dort eine Tankstelle, eine Bar, ein einziger erbärmlicher Ort: Kountze. Das war eine Strecke zum Eindösen, und ich ließ Roberta ans Steuer, die Feuer und Flamme war und dauernd erklärte, wie unterschiedlich bewachsen die einzelnen Trails der Big-Thicket-Biosphäre doch seien und wie tief die Stille wäre. Sie hielt auf einem Abzweig an: Hörst du es, Simon? fragte sie. Kannst du die Stille hören? Und sie sah mich an, sie strahlte, ihre weiße Haut glänzte, sie sah mich erwartungsvoll an, und natürlich hatte sie den Mund offen. Ich sagte mir, der gute alte Ed hats doch auch geschafft, sie haben schließlich diesen Sohn, und das ging bestimmt nicht ohne Kuß ab, aber das war vor zwanzig Jahren, und Ed war ein sturer Bursche, und es soll ja doch genetisch sein, wenn

Leute sich ineinander verknallen, denkt nur mal an die Becks, wer ist häßlicher, er oder sie?

Simon hatte recht, ein Urteil darüber war bei den Becks nicht mal mehr Geschmacksache, und wir hechelten noch ein Grüppchen unansehnlicher Paare durch, und diese sonderbaren Gene kann sowieso keiner verstehen. Der Regen schmiß wieder seine kalten, halbflockig verdickten Ladungen gegen die Fenster, aber wir ließen die Jalousien nicht runter, weil wir das mitbekommen wollten und es das Zusammensein im Zimmer behaglicher machte, obwohl die Weppers ziemlich nah am Fluß wohnen und deshalb Hochwasser zu befürchten war.

In welchem Big-Thicket-Trail genau sich Simon und Roberta aufhielten, hatte ich nicht mitbekommen, als ich ihm wieder zuhörte: Am Wochenende kommen einige Besucher, vorzugsweise zum Fischen, es ist zu schwül für alles andere. Roberta stocherte im dichten graugrünen Flechtenpelz herum, in den die Buchen vermummt sind, und machte Photos. Über die Pinien sagte sie: Das sind Loblolly-Pinien, deren hohe Stämme sind wie mit Schindeln belegt. Hoch oben in den Kronen filtern die Äste das Sonnenlicht. Simon, das alles sind Wunder. Die Wunder, mit denen die Natur sich selber hilft, sie schützt sich, selbst Natur, vor der Natur drumherum. Jedenfalls so ähnlich sehe ich das. Längs dieses Trails haben wir uns verdammt lang aufgehalten. *Botanisches Paradies* sagte Roberta dazu, Pflanzen hat sie gesammelt, aber nur so kleine Proben, streng nach Verordnung der Naturschutzbehörde, und datiert und beschriftet plus Fundort-Angabe. Überall eingestreut leuchteten Riesenmagnolien, wie von einem ehrgeizigen Floristen hineindekoriert, mit großen fettglänzenden Blättern. Im Grün ein paar Farbkleckse, und das waren die Blüten vom Carolina-Jasmin und Dogwood.

Jemand lobte Simon, weil er so viele Arten und ihre Namen behalten hatte, aber er sagte: Das ist nur ein Hundertstel von dem, was Roberta mir präsentiert hat. Sie kann ganz schön penetrant sein, und manches habe ich mir in einem kleinen Heft notiert: Die Tannine der Baggall-Holly-Stechpalme sickern in die brackigen Gewässer, färben sie schwarz. Und immer wieder hat sie mich zwischendurch strahlend angeblinkert, ihre weiße Haut wie mit Salbe eingeschmiert, aber das war Schwitzen, und ich glotzte auf ihre schief-doppelstöckige obere Zahnreihe, denn trotz Ablenkung durch all die Gewächse und Moose und Flechten und Viecher konntest du es mehr als spüren, du konntest es mit Händen greifen, daß sie auf etwas lauerte, etwas, das zwischen uns passieren sollte. Oder zur Sprache kommen sollte, wenigstens das. Roberta erklärte mir auch fleischfressende Pflanzen. Die hier, die ist die spektakulärste: Pitchen Plant. Sie fängt Insekten. Sie hat einen grüngelben Schlund, und der ist immer weit geöffnet. Roberta hat wieder zu mir aufgeblickt und den Mund offen gehabt. Pitchen Plant Roberta. Und ich selber habe ja auch irgendwas erwartet, wir beide, wir lagen auf der Lauer. Bescheidener sind die Sundew, Simon, schau, wie sie am Boden kauern. (Simon verstellte immer die Stimme, wenn er Roberta zitierte, und wir lachten, wir fanden, er zog die Spannung mächtig an, wir lagen auch auf der Lauer wie die zwei damals im Big Thicket: Küssen trotz der Zähne und für eine gemeinsame Zukunft?)

Die klebrigen Ausläufer vom Sundew sahen wie Tautropfen aus, erzählte Simon. Ich mußte sie anfassen, danach rieb ich mir die pappigen Fingerkuppen mit der letzten Spucke auf dem Kleenex ab, und dann noch Bladderwort und Butterwort. In Robertas Broschüre stand etwas von tausend verschiedenen Pflanzenarten, und obwohl sie so viele nicht entdeckte, kam es mir doch fast so vor, und fünfundachtzig Baumarten, südliche wie Tupelos und Zypressen, aber auch Buchen, ganze Buchenwälder, na ja und dann diese einzeln herumstehenden, knorrigen Eichen in der Savanne. Und mehr als sechzig Arten von Büschen, Hibiskus, Kakteen, Yucca und Farne. Spanisches Rohr. Es wächst wie ein Baum aus dem Grund, lehnt sich mit langen Gliedern an andere Bäume an, und erst in den Kronen entfaltet es seine eigenen Blätter.

Simon, wann wirst du dein Examen in Botanik machen? Unser Mais sieht übel aus. Die Weppers klagten über nasse Böen und prophezeiten Hochwasser.

Seinen Reiz hat es, das Big Thicket, sagte Simon. Und irgendwann hat es mich wirklich auch interessiert, nur hätte ich mir nicht so gründlich wie Roberta jede Einzelheit betrachtet, aber es hat was, es hat schon seinen Reiz. Unser Aufenthalt ging dem Ende zu, als ich das merkte, und außerdem hatte ich noch kein Wort gesagt, ihr wißt, was ich meine, von wegen etwas von Dauer zwischen uns und daß ich schlecht ohne Frau im Haus zurechtkäme (*Bravo!* und *Endlich!* und ähnliches riefen wir dazwischen), andererseits dachte ich, du kannst das verschieben auf später, nach der Rückkehr, sonst müßtest du ja über diese Hürde springen, ich meine nicht nur die Zähne. Das Küssen ist nur der verdammte Einlaß, der Passierschein, die Eintrittskarte, und Frauen legen Wert drauf; was genau sie am Küssen schätzen, weiß ich nicht, und Roberta ist konservativ, sie hält sich an die Spielregeln. Und wenn ich kneifen würde, dächte sie, er will mich nur als Haushälterin und Bürokraft, und es ist nichts von Herzen.

Bei der Verteidigung der Zärtlichkeit und der Anklage gegen Männer-Zynismus im Chor der Frauen unter uns enthielt ich mich der Stimme. Es kommt nie etwas dabei heraus. Mein Fazit: Männer und Frauen passen eigentlich nicht zusammen. Anschmiegsam sollen Frauen schon sein, aber aufs leibhaftige Anschmiegen können Männer bestens verzichten. Und war es nicht von Anfang an eine Not- und Zweckgemeinschaft, die wir uns für Simon, den Witwer und verwaisten Vater, mit der tüchtigen Roberta wünschten? Obwohl sie so nicht wirkt, könnte Simons Verdacht doch berechtigt sein, und sie wäre auch nur eine Schmusekatze wie alle andern.

Simon erzählte weiter: Bären gibt es keine mehr im Big Thicket, seit den fünfziger Jahren nicht, auch keine Pumas, Wölfe, es waren rote Wölfe. Aber reichlich Coyoten, Luchse, Armadillos, viele Echsenarten. Tagsüber kriegt man die kaum zu Gesicht. In der Stille, die Roberta mich hören lassen wollte, blubberte der Sprung eines Froschs, es war eine feuchte Dämmerung, und die Roadrunners lebten auf, das sind Vögel mit Häubchen und langem Schweif, und sie rasen, als hätten sie sich verspätet, über die grasigen Flächen, und Spechte hämmerten da und dort, und man hörte ferne und nähere Kuckuck-Rufe, und ich war wieder mal wie in Trance und dann auch wieder klar im Kopf, und da dachte ich, daß Roberta trotz ihres Berufs nicht über Haushalt und solche Sachen jammert, sie hat mir erzählt, daß sie sogar gern kocht.

Auch gut?

Das kann man noch nicht wissen. Wir waren bis jetzt nur in Restaurants.

Und was kocht sie?

Blumenkohl. Blumenkohl mag sie am liebsten.

Blumenkohl! Lieber Himmel, Simon! Blumenkohl! Aber als gute Gastgeber stoppten die Weppers unseren Spott: Seht nur, er hält schon zu ihr! Damit, daß Roberta gern Rotwein picheln würde, hatte Simon sie mürrisch verteidigt. Die Weppers sagten: Und was spricht gegen Blumenkohl? In Österreich machen sie was draus. Trotzdem, komisch und erst recht langweilig fanden sie Blumenkohl auch, sie wollten bloß höflich sein, und jemand sagte: Dann ist sie doch keine Pitchen Plant, keine fleischfressende Pflanze aus dem Big Thicket.

Sie ißt auch heiße Würstchen, sagte Simon. Hauptsache, sie macht kein Getue ums Kochen und all den Krempel, und darin ist sie eine Ausnahme. Also die Stimmung war danach, die Roadrunners über uns am dämmrigen Himmel, und wir hockten auf unseren Klappsitzen neben dem Tramper und knabberten die Überlebens-Ingwer-Taler und süffelten Bier, Robertas Bier, auch Ingwer, das die Insekten anzog, ich hatte das ziemlich leichte Schlitz, und es war schwül und irgendwie interessant, und ich hatte schon so ein Vorgefühl von etwas, das da vor sich hin schwelte, etwas lag in der Luft. Und da sagte Roberta auch schon: Simon, wie denkst du über die Zukunft. Und sie machte mit der Stimme kein Fragezeichen dahinter, und zum Antworten ließ sie mir, dem Himmel sei Dank, auch keine Zeit, sie machte einfach weiter, und es klang ganz sachlich: Trudy kommt nicht wieder, Felix auch nicht, und mein Ed ist schon Historie, und es ist nicht gut, daß der Mensch allein sei. Und diesmal setzte sie ein Fragezeichen und behielt den Mund offen, aber in der Dämmerung ging das mit den Zähnen in Ordnung, und den bläulichen konnte ich nicht erkennen. Sie hatte die Frage wiederholt: Also, Simon, wie denkst du über die Zukunft. So ähnlich wie du, denk ich, habe ich geantwortet. Ich riß die nächste Bierdose auf, nahm zwei Schluck oder drei. Ich weiß, sie kommen nicht zurück, und ich weiß, ich komme allein nicht gut zurecht. Und Roberta sagte: Ich möchte schon gern wieder ganz für jemanden dasein, nur ... Sie bremste ab, und die Oberlippe kam nicht über die Zähne runter, trotz Ingwer-Bier und Feuchtigkeit, und angestrahlt hat sie mich, und das kapierte ich nun überhaupt nicht. Sie wirkte plötzlich wie ein Kind, wie ein kleines Mädchen, das auf eine Überraschung wartet, als wäre ein Onkel zu Besuch gekommen und der hätte ihr was mitgebracht, und der Onkel war ich. Nur: was? hab ich gesagt, und da kam es aus ihr heraus, es war *der* Knüller, es war *der* Hammer, und das Mitbringsel erwartete sie nicht vom Onkel, sie wars, die mit der Überraschung. Simon, ich bin nicht mehr jung, ich meine, nicht wirklich, sagte sie als Einleitung, dann machte sie wieder so eine erwartungsvolle Pause, und ich sagte mir: Jetzt bist du dran, damit es weitergeht.

Der Regen klatschte mittlerweile regelmäßig gegen die Scheiben. Und obwohl wir ja wußten, daß nach ihrer Rückkehr aus dem Big Thicket zwischen den beiden alles gut lief (aber ein Zusammenleben war es noch nicht, schon gar keine Ehe), waren wir auf die Folter gespannt, denn was wir nicht wußten, das war, warum sie seitdem ihre Freizeit zusammen verbrachten, was vor der gemeinsamen Reise nicht der Fall gewesen war.

Also habe ich *Ich auch nicht* gesagt, erzählte Simon, ich bin auch nicht mehr taufrisch, und so konnte Roberta weitermachen, und endlich kam sie zur Sache: Sie alle, sagte sie, mit denen ich mir das seit Ed vorstellen konnte, also wieder für jemanden dazusein, sie alle wollten, du weißt schon ...

Sex! Wer das dazwischenrief, weiß ich nicht mehr. Die Weppers standen inzwischen am Fenster, um nach dem Fluß zu sehen, als könnten sie ihn damit zähmen.

Okay, Sex, erzählte Simon, und sie hatte ein Problem damit, die Dinge beim Namen zu nennen, aber sie packte es und sagte: Sex, und daß alle diese netten Männer, mit denen sie sich eine zweite Ehe hatte vorstellen können, darauf nicht verzichten würden, und als ich fragte, woher sie das denn so genau wüßte, sagte sie, diese Männer wären, na ja, nicht gerade zudringlich geworden, nicht grob oder so etwas, aber es wäre zu Annäherungsversuchen gekommen, und besser könnte sie das nicht ausdrücken. Und sie hätte von da an Schluß gemacht, erklärte sie: Sex, das ist meine Barriere. Es ist nicht meine Kragenweite, wenn du weißt, was ich meine.

Gerettet! rief es aus unserem Chor, und warum die zwei nicht längst verheiratet wären, und daß Robertas Zähne ihren Schrecken verloren hätten, und Simon seine ordentlichen Mahlzeiten auf den Tisch gestellt bekäme, und die Einkauferei und außerdem die lästige Bürokratie los wäre, alles, wofür Trudy früher gesorgt hatte. Sie würden wie Freunde zusammenleben, wie Geschwister. Etwas Besseres hätte Simon nicht passieren können. Boris Klein, der Hobby-Springreiter ist, sagte: Simon, du erinnerst mich an Phalanx, mein Pferd, das beste, das ich je hatte. Aber vor einem bestimmten Hindernis blockt er ab, verweigert, keiner kommt dahinter, warum. An Phalanx und die Latte an Pfeil sieben erinnerst du mich.

Ich frag mich bloß, sagte Gretel Smith-Schwarz, wer *alle diese Männer* sind, die Sex mit ihr wollten. Sie ist eine nette Person, daß sie übel aussieht, könnte niemand behaupten, ich finde sie ganz ansehnlich und irgendwie proper, patent, alles in Ordnung soweit, bis auf die Zähne.

Und die kannst du ad acta legen, Simon. Einer nach dem andern redete Simon gut zu: Frag sie, sie ist jemand, um den man *anhalten* muß, sie braucht so was wie einen ordentlichen Antrag. Einen Heiratsantrag.

Simon sah für mich, seit Boris Klein das mit seinem Pferd erzählt hatte, wie Phalanx vor dieser Latte aus. Er sah wie nach innen gewendet aus, wie vor dem Trugbild eines Hindernisses. Es mußte noch immer eins geben.

Simon und Roberta haben sich am nächsten Tag auf den Rückweg gemacht, wieder durch eine Savanne entlang der Kirby-Nature-Trail-Sümpfe. Der Sunder Trail führte über nasses Gras, Sedge-Gras, Roberta hat ihm, alles wie gewohnt und als hätte es ihre kleine Ansprache nicht gegeben, Pflanzen erklärt: trockenes Bluestem-Gras auf lehmigem Boden, Harthölzer. Wilde Feuer, aber auch beabsichtigte, hindern Setzlinge am Wildwuchs, das typische Savannenbild soll erhalten bleiben, die Asche nützt Gräsern und Kräutern. Sie rasteten unter offenem Laubdach, und Simon fragte sich dauernd, wann er an ihr Thema von gestern anknüpfen sollte und ob Roberta nicht beleidigt wäre, wenn er es ungefähr so sagen würde: Alles bestens, das mit dem Sex. Lassen wir ihn weg. Macht mir nichts aus. Ist auch meine Barriere.

Sie tranken Kaffee und aßen Schokoladenkuchen vom Kiosk, und plötzlich wußte Simon, wie man eine Frau nicht kränkt, und er sagte: Fällt zwar verdammt schwer bei einer wie dir, Roberta, aber ich würde auf Sex verzichten. Es gibt Wichtigeres. Andere Werte. Sex ist nicht, worauf es ankommt.

Und dann kam das, wodurch ich, als Simon davon erzählte, wieder Boris Kleins Pferd vor der Latte am Pfeil sieben wie paralysiert stehen sah, Simon erzählte: Ich kriegte meinen Bissen vom Schokoladenkuchen einen langen langen Moment nicht runter, weil Roberta antwortete: Das ist wunderbar, Simon! Ich danke dir für dein Verständnis. Bleibt uns die Zärtlichkeit. Und mir war schon mulmig, und sie hörte sich nicht überschwenglicher an als bei den Big-Thicket-Naturwundern, sie phantasierte weiter über Zärtlichkeit, aber statt der Zärtlichkeit hätte es genausogut Blumenkohl sein können, worüber sie palaverte, denn sie war nur einfach fröhlich, aber jetzt kam der Hammer und wieder so, als ginge es dabei um etwas Gleichwertiges, die Würstchen oder die Rühreier zum Blumenkohl, sie sagte: Zärtlichkeit mag ich sehr, wirklich. Und Küssen, zum Beispiel das Küssen! Worauf ich schon gar nicht verzichten möchte, und du brauchst demnach auch nicht drauf zu verzichten, das wäre das Küssen. Und sie strahlte, und sie lachte mit sämtlichen Slums ihrer Zähne, und unentwegt blickte sie zu mir rauf, überrascht und erwartungsvoll, und ich war wieder der Onkel, der nun endlich ein Geschenk überreichen soll.

Mit dem Fluß ist es an diesem Abend gerade noch mal gutgegangen, es gab kein Hochwasser. Und Phalanx macht weiter halt vor der Latte am Pfeil sieben, sagt Boris Klein, aber er wird ihn trainieren. Ungewiß, wann er am Ziel ist.

Ebenso Simon. Zu den Weppers soll er gesagt haben: Roberta riecht jetzt dauernd nach Zahnpasta. Pfefferminzgeschmack. Und er soll mißtrauisch gewesen sein und gefragt haben: Da hat doch hoffentlich nicht einer von euch aus dem Nähkästchen geplaudert? Wäre mir verdammt peinlich, weil man sonst so gut auskommt mit Roberta. Sie kann verdammt nichts dazu, ich meine, zu ihren Zähnen. Wer schuld ist, das sind ihre Eltern. Sie hätten das richten lassen müssen.

Aber darüber sind wir uns ja schon immer einig gewesen.

Countdown

… ist doch sonnenklar, daß er nicht kommt, es wäre doch glattweg schlechte Dramaturgie, wenn er wirklich käme, in jedem Film wärs die Pointe, daß er absagt oder sogar nicht mal absagt, einfach nicht kommt, nach so viel Glück muß der Schluß draufhauen, nur wenn vorher alles schiefging, gibts ein Happy ending … Trotzdem noch eine allerallerletzte Inspektionstour: jeder Anblick ein Genuß. Für Herma war Einrichtung überaus wichtig. Sogar was im Papierkorb obenauf liegt, bei mir spielt das eine Rolle, hatte sie vorhin zu ihrer Freundin Elli gesagt. Ja, bei mir wird sogar der Abfall arrangiert. Und zerknülltes grünes Seidenpapier und eine leere braune *Botschafter*-Zigarettenpackung lagen obenauf, und daß er keinen Blick für ihren Papierkorb hätte, mußte ihr keiner sagen … 16.05 Uhr. Alles war fix und fertig, tipptopp. Das Apartment in seine Höchstform zu bringen, das lag in Hermas Hand, es war machbar und kein Gnadenakt wie der Zufall, ja das Wunder: Obwohl Herma diesem zur Zeit wichtigsten Ereignis entgegensah, saß die Frisur ideal, stimmte alles mit den Hormonen, auf die sie es immer schob, wenn ihr Gesicht nicht mitspielte. Heute spielte es mit, und wie! Dauernd mußte sie sich dessen vor einem der fünf Spiegel im Apartment vergewissern (Spiegel vergrößern Räume), konnte sich kaum von ihrem eigenen Anblick trennen und es nicht fassen: Sie mußte gut aussehen, und sie sah gut aus. Sonst brauchte sie nur etwas vorzuhaben, und schon schwoll irgendwas an, meistens um die Augen herum. Das schreit ja alles nur so nach dem tiefen Fall. Er ruft an, hats in der Bibliothek rausgefunden, braucht mein Lexikon nicht mehr. Und wenn er doch kommt, muß sonstwas passieren. Das dicke Ende könnte sein: Er hat eine Frau bei sich. Ehefrau? (Warum wußte sie nicht einmal, ob er verheiratet war? Freundin?) 16.35 Uhr. Noch ein Rundgang. Wundervoll: Wie zufällig liegengelassen der minimale schwarze Slip auf der Badewannenrampe. Rasierzeug auf der Ablage unterm Spiegelschränkchen deutet auf einen Mann hin, den, der auch seine Golfer-Ausrüstung in der Garderobe abstellen darf (oh, was für eine Menge Geld sie für das sperrige Ding geopfert hatte). Würde er aber überhaupt das Bad benutzen? Weder Happy-End noch Vernichtungsschlag am Schluß: Er kommt zwar, seine Information jedoch nimmt er nur zwei Schritte von der Türschwelle entfernt entgegen, dankt und geht. Selbst wenn er auf einen Schluck (einen *Drink* natürlich) reinkäme, ins Bad ginge er kaum, schade um den Slip, und das Päckchen mit den Präservativen (größte Überwindung beim Erwerb!) könnte sie nicht gut im Wohnzimmer rumliegen haben. Bei der eigens für seinen Besuch angeschafften Schachtel *Carefree light Extra* war sie nicht sicher, ob das wirklich Damenbinden waren – 16.48 Uhr –, es ging aus der Werbung nicht klar hervor, nur wars bestimmt was Intimes, und der sollte sich wundern: So was braucht sie also doch noch? Jung, wie sie aussieht, und von mädchenhaftem Wesen ...? Herma, wieder glücklich vor einem ihrer Spiegel, murmelte: Wollen soll er schon, und wie er das soll, aufs Knffligste in Versuchung (die Hitze draußen würde helfen, so was wußte sie noch über Männer), aber kommen dürfte es zu nichts. Und sie würde ihm bei der lächelnden Abwehr ihr Lebensmotto servieren (nicht verraten, von wem es ausgeliehen ist, als Archäologe hätte er Friedrich Schiller nicht gerade parat): Vieles geschieht, indem nichts geschieht. 16.53 Uhr, er kommt, bringt aber ein kleines Mädchen mit: Meine kleine Tochter. Meine kleine Nichte. Fast egal, was es war, es war sehr süß, Kinder können mit ihrer unerwarteten Ernsthaftigkeit jeden Erwachsenen an die Wand spielen. Dinge, die so perfekt klappen (ich sehe gut aus, und er kommt und bleibt und muß sogar ins Bad), passen einfach nicht zu mir. Nach all den Erfolgen im Apartment, dem genau richtigen Haarkringel rechts an der Schläfe und wirklich großen Augen und daß ich den Royal Lochnagar ergattern konnte und nicht nur irgendeinen gängigen Whisky. 17.03 Uhr. Es ist besser, mich von jetzt an ziemlich still zu verhalten, damit ich keinen roten Kopf kriege und ins Schwitzen komme. Das Schwitzen zöge Dahinwelken, Erschlaffen der Haare, allgemein: Schönheitsverfall nach sich. So ein Scheitern zeigen sie ja in Filmen nie, aber im Leben passierts. Hauptdarstellerinnen im Film machte kein Unglück häßlich. Herma aber war Hauptdarstellerin in ihrer Wirklichkeit, in die sie als Fälscherin eingegriffen hatte, und sie würde sogar beim Glück (wenn er käme und Zeit hätte und bliebe und auch ins Bad müßte) häßlich, einfach durchs Schwitzen. Sie stellte den Ventilator auf Stufe drei, aber sie merkte, daß sie trotzdem vor sich hin köchelte, weil von fünf Uhr an bis halb sechs – die von ihm angekündigte Zeit – der Countdown stattfand. Bei den Verabredungen bisher (Museum für Landeskunde, Irish Pub) war er pünktlich. Herma ging das Risiko ein, schaute in den ovalen Spiegel gleich neben der Apartmenttür, es war der liebenswürdigste von allen: O Mysterium dieses Nachmittags, sie sah immer noch wunderschön aus! Folglich muß zu guter Letzt das Schicksal zuschlagen. Das Telephon ließ Herma klingeln. Sie benutzte die Feuertreppe und sechs Stockwerke tiefer den Notausgang. Von der Hitze wie geknebelt und der Helligkeit gräßlich geblendet, lief sie, viel zu elegant für den gewöhnlichen Mittwoch, in den furchtbar gewöhnlichen glühenden Nachmittag, und daß ein Autofahrer suchend langsam fuhr und zweimal hupte, beachtete sie lieber nicht, wahrscheinlich die pure Schmeichelei, mein Schmuck blitzt in der Sonne, ich bin heute verdammt hübsch, schnell weiter. Ein Grüppchen Kinder im Parkeingang neben ihrer Ware kauernd interessierte sie, die Kinder boten ausrangierte Spielsachen an, und Herma hatte, alte Kundin, hier schon einmal ein Geduldsspiel und einen Kölner Dom als Briefbeschwerer erstanden, diesmal tat es ihr eine absolut göttliche winzige Liberty-Statue in einer Schneekugel an, sie mußte sie unbedingt haben. Einrichtung war überaus wichtig ... sogar was obenauf lag im Papierkorb ... Halb sechs vorbei. Wenn sie sich mit der Liberty nun sehr eilte ... es wäre zu schaffen ... aber sie wußte nicht, wie sie nach der heißen Jagd aussähe. Bei den Kindern war es friedlich, mit Schatten.

Endlich Falten

Millie hatte es wieder fünfzehn Minuten lang durchgehalten, ihre Mundwinkel in die Breite zu ziehen. Sie hoffte, die täglich mindestens zweimal ausgeübte Prozedur brächte ihr endlich endlich jene Faltenhalbmonde ein, die Elke Bilkarts Gesicht bereicherten. Es ging um mehr als Verschönerung. Die zarten Falten standen für Erfahrungen, auf die der Betrachter neugierig wurde. Millie fand ihr eigenes glattes rundliches Gesicht leer und langweilig. Das war ungerecht. Immerhin hatte auch sie schon einiges mitgemacht. Um bei Elke Bilkart zu bleiben: Eifersucht. Elke Bilkart war die Anwältin ihres Vaters bei der Scheidung von Millies Mutter gewesen, dieser streunenden Katze, und sie war seitdem eine Freundin des Hauses geblieben, wie der Paps das offiziell nannte.

Sie kam zu oft. Sie war zu groß. Sie gaben sich Wangenküsse, der Vater und Elke, zur Begrüßung und beim Abschied. Millie fand, daß sie das mit einer holprigen Verlegenheit machten, fast so, als müßten sie sich zu dieser zärtlichen Geste überwinden, aber das veränderte den Tatbestand überhaupt nicht. Welchen Tatbestand? Verliebtheit? Fürchterlicherweise: ja. Höchstwahrscheinlich. Was Elke Bilkart betraf – Millie dachte *Kühle Blonde* mit den lebenserfahrenen Mundwinkeln –, war der Befund nicht eindeutig. Wußte man nicht, wie sehr es Frauen genossen, mit Männern herumzupoussieren, einfach so, um des Flirts willen? Das tat dem Selbstbewußtsein gut, vor allem, wenn die Resonanz nicht ausblieb. Und die blieb nicht aus, nicht bei Paps. Leider leider, Paps, Millies bester Kumpan, der einzige, er war von Elke Bilkart stark beeindruckt, so stark, daß man wohl oder übel feststellen mußte: Er war in sie verknallt. Millie ließ es für heute gut sein und holte ihre Zeigefingerspitzen aus den Mundwinkeln und besah sich im Spiegel das Ergebnis: nichts. Immer noch keine Falten.

Ja, wo hast du denn gesteckt?

Millies Vater hatte sich über das zornige Gesicht der Tochter gewundert, die erhitzt und abgekämpft von einem Klassenausflug zurückgekehrt war und ihre Jacke und den kleinen grünen Rucksack mit gelben Applikationen gegen ihre Gewohnheit auf die Kommode geschleudert hatte, weil sie ihn – deshalb der ganze Aufstand – mittags vergeblich anzurufen versucht hatte. Millie fragte wieder: Wo warst du bloß? Ich habs im Büro versucht und zu Haus, und nirgendwo bist du gewesen.

Den Vater zerriß ein Schmerz, als er Millie leiden sah. Schon vierzehn und wirklich noch ein Kind.

Ich habe einen kleinen Spaziergang gemacht. Nicht länger als eine Dreiviertelstunde, im Höchstfall. Vielleicht sogar kürzer.

Du gehst doch nie nie nie allein spazieren! Und in der Woche sowieso nicht. Millie schien es zu bereuen, daß sie gebrüllt hatte, und markierte die in ihrem Stolz Gekränkte. Sie drehte den Kopf weg und wandte sich der Treppe zu. Mach, was du willst, mir ists schnuppe, wollte sie dem Vater zeigen.

Hör zu. Schweren Herzens folgte der Vater Millie, blieb ein paar Stufen hinter ihr. Etwas Ärger stieg ihm vom Herzen in die Kehle, was da wie dort zu einem Gefühl der Enge führte. Er hatte das jetzt öfter, wenn Millie plötzlich zikkig war. Manchmal dachte er, er brauche nur etwas auszuziehen, etwas wie einen BH aus Panzermaterial, der ihn zusammenpreßte. Ich muß doch mal frische Luft schnappen dürfen.

Keine Antwort.

Und zwar, wenns mir paßt. Tut mir leid, daß du mich nicht erreicht hast.

Millie verschwand wortlos in ihr Zimmer. Wirklich, sie führte sich wie eine Diva auf. Diese Kleine, sie benahm sich wie eine betrogene Ehefrau. Oder war er der Ehemann mit dem schlechten Gewissen? Ich habe keine reine Weste, mußte er denken und fand es albern.

Anklopfen und Eintreten geschahen gleichzeitig.

Hör zu. Elke kam vorbei und sagte, es ist meine Mittagspause, und das Wetter ist viel zu schön, um im Zimmer zu sitzen.

Millie kehrte ihm den Rücken zu. Sie blätterte in einem Heft, aber just for show.

Nun, und da bin ich mitgegangen. Es war sowieso gerade nichts zu tun im Büro. Ein paar Schritte raus, wir sind ein Stück gefahren, und dann … war nett. Hat mir gutgetan. Er gab auf.

Traurig deckte er nach einem Abendessen in knurrig-einsilbiger Millie-Gesellschaft den Tisch ab. Sie ärgerte ihn, warum also war er traurig? Er wollte lieber empört sein und ihr zeigen, wer hier der Herr im Haus war. Aber als sein Blick ihr Gesicht in einem Moment erwischte, in dem sie sich unbeobachtet fühlte, ihr rundliches gekränktes, ratloses Gesicht, so unschuldig, dachte er: Ich will mein Kamerädchen wiederhaben. Vor allem das.

Er muß ziemlich viel für mich geopfert haben, damals, als er diese schöne Rechtsanwältin aufgab, sagte Millie.

Sieben Jahre waren vergangen, und ihr Freund Peter schimpfte, als Millie nun wieder *er braucht mich* behauptete.

Diese Anwältin wird übrigens nicht die einzige gewesen sein, he? Es wird andere gegeben haben, nur hast du es nicht bemerkt. Und du hast nichts damit zu tun, wenn er ihr eines Tages den Laufpaß gab. Und es ist in Ordnung so.

Er hat sie alle alle mir geopfert, klagte Millie. Ich hab ihn so vieler Freuden beraubt, und er hatte doch ein Recht drauf, dachte sie. Mein armer Paps.

Trotzdem fuhr sie mit Peter in seinem Camper Richtung Süden, obwohl ihr Vater erst beruhigt war, nachdem sie ihm vorgelogen hatte, ihre Freundin Reinhild – die war die bravste unter ihren Freundinnen – und deren Freund wären mit von der Partie. Und daß sie nur *ihn* liebte. Für ihren Vater blieb sie ein kleines Kind.

Stimmte ja auch, ihn liebte sie. Aber in Peter war sie verliebt.

Genieß es!

Millie sah voraus, es würde furchtbar schwierig sein, diesen Befehl auszuführen.

Mach nicht so ein Gesicht. Peter sah kurz zu ihr rüber, dann wieder auf die Fahrbahn. Wirklich, du kriegst allmählich Falten. Auf der Stirn und um den Mund rum.

Na endlich! Auf einmal mußte Millie lachen. Ihre Übungen mit dem in die Breite gezogenen Mund fielen ihr ein. Ein paar Falten wollte ich schon immer haben. Falten sind interessant.

Geschmacksache.

Genieß es. Ja, Paps, jetzt fang ich damit an.

Das Amerikagefühl

Eine gute Gastgeberin wäre sie nicht, hat Patty uns gewarnt, aber ich wollte trotzdem hin. Und ich finde es schon noch interessant, obwohl es auch anstrengend ist. Sie lebt sehr spartanisch, hatte meine Mutter zu meinem Vater gesagt, doch für Martha wird sie ja sicher ein paar Gewohnheiten ändern. Ich fand dann schon am Tag meiner Ankunft heraus, daß sie das nicht tut. Ich war vom Flug aufgedreht und von der Fahrt in ihrem alten Oldsmobile von Denver nach Laramie. Mit Laramie hatte ich in der Klasse angegeben: Der wichtigste Western-Ort, Gary Cooper und wer nicht noch alles haben da gefilmt, aber dann, in ihrem kleinen Holzhaus, auf einem Steinsockel und mit einer Vorderveranda, wurde ich beim Abendessen nicht richtig satt. Sie sagte was von Kafka und daß sie sich mit seinem *Hungerkünstler* verwandt fühlen würde. Ungefähr so: Wenn ich nur die Speise finden könnte, die mir schmeckt, so würde ich mich vollessen wie alle andern auch … Wir hatten die Geschichte im letzten Halbjahr durchgenommen, den genauen Text weiß ich trotzdem nicht mehr. Und ich sagte: In Amerika muß man doch Sachen finden können, die schmecken. Sie sagte: Erst mal brauchst du aber einen amerikanischen Magen.

Das machte gleich am Anfang nicht sehr zuversichtlich, wenn man auch hundertmal nicht, um gut zu essen, den weiten Weg gemacht hat; ich war aus Neugier gekommen, auf die Prairie, auf die kleine Stadt, auf das Gefühl, mitten im riesigen amerikanischen Kontinent zu sein, und es war ein interessantes Gefühl von Verlassenheit; ziemlich schwierig. Ein Ziel hatte ich schon während der langen

Autofahrt erreicht: Ich wollte mich verändert und wie in einem Film erleben, und genau so ist es gewesen. Ich kratzte also noch den Rest der Schüssel mit Pattys Gericht aus selbstgesammelten Pilzen aus, und sie hat mit einer Freundin telephoniert.

Das war in der Küche, die auch Wohnzimmer ist. Patty dankte der Freundin für zwei E-Mails und gute Wünsche zu Pfingsten. Und für irgendeine Aufklärung, bei der es um einen Mini- und einen Maxi-Computer ging. Mich hat sie nicht erwähnt. Die Freundin sagte irgendwas, und Patty sagte: Zuletzt hatte ich dir auf eine andere als die T-online-Adresse geantwortet. Dann war wieder die Freundin dran, und Patty antwortete: Ja, Zach ist Nicks erstes eigenes Kind, er war zweimal verheiratet, jedesmal mit einer Frau, die schon aus erster Ehe ein oder zwei Kinder hatte, und er hat es immer vermieden, eigene zu haben. Ich weiß nicht, ob er bei Jill das Gefühl hat, es wäre endlich für immer, und ob er es vorher nicht hatte. Die Freundin erzählte was, bei dem Patty ein paarmal lachen mußte, und sie nickte mir zu und machte eine Geste – sie hat das Kinn vorgestreckt – aber ich kapierte nicht, was das sollte. Da endlich sagte sie: Moment mal, Maggie, ich habe einen Gast, Martha, du weißt ja, die Tochter meiner Freundin Sophie Reinheimer, frisch importiert. Zu mir sagte sie: Nimm dir noch Brot, wenn du nicht satt bist, leg dir Tomaten drauf oder vom Fleisch, es steht auf dem Buffet, dünngepreßter Turkey in Scheiben. Dann sagte sie zur Freundin, jetzt würde sie von ihrem Pfingsten erzählen. Ich hatte mehr Lust auf den Turkey, aber ich aß das Brot mit Tomate, weil es mir sowieso schon etwas peinlich war und ich dann wenigstens nicht erst aufstehen und zum Buffet gehen mußte. Ich haßte es, einen gefräßigen Eindruck zu machen. Wahrscheinlich bin ich sogar überhaupt satt gewesen, wahrscheinlich habe ich nur aus einem andern Mangel noch essen müssen. Obwohl sie dauernd nett war, Patty.

Sie hat sich vor kurzem ein kleines Haus auf dem Land gekauft, mitten in der Prairie, zwei Stunden weg von Laramie/Wyoming. Von da aus hatte sie am Pfingstsonntag eine Rundreise von etwa 200 Meilen zum Platte River westlich von Saratoga gemacht. Sie erzählte der Freundin und nach dem Telephonat dann noch einmal mir ausführlicher: Ich habe dort in all den Jahren immer goldgelbe Morcheln gefunden, und es war genau die Zeit dafür, aber diesmal graste da nur eine schwere Rinderherde, ich meine mit schwer, daß die Rasse so aussah, und Kuhfladen lagen rum, und zu viele Menschen waren da und Abfall. Und abgestorbene Pappeln, die Cottonwoods. Im Unterholz hatten sich aber phantastische Mini-Landschaften von Austernseitlingen angesiedelt, und statt mit den Morcheln füllte ich mit denen zwei Beutel und fuhr dann über die Snowy Range, wo noch eine schmelzende Schneeschicht lag, und quer auf der Big Hollow Road zurück, Big Hollow ist eines der größten Winderosionstäler. Wir zwei können die Tour wiederholen, wenn du Lust hast.

Ich hatte keine besonders große Lust, hauptsächlich wegen der Pilze. Uns schickt sie auch immer selbstgesammelte, getrocknete Pilze, als Schiffsfrachtgut, und wir werfen sie jedesmal weg. Patty sagt, daß sie sich auskennt mit Pilzen, aber mein Vater sagt, man könne nie wissen, weil es giftige Pilze gibt, die ganz genau so aussehen wie ungiftige. Aber vor allem hatte ich keine Lust, sie zu sammeln. Und jetzt hatte ich welche gegessen, um höflich zu sein. Angst vorm Vergiftetwerden war wohl nicht nötig, denn Patty hatte mitgegessen und außerdem schon Hunderte von ihren Pilzfunden überlebt. Patty sagte, sie hätte eine Menge zu tun mit den Vorbereitungen fürs nächste Semester, so ungefähr habe ich es verstanden, aber es klang komplizierter, trotzdem sollte ich eine Liste mit meinen Wünschen für die vier Wochen bei ihr machen. Gleich danach sagte sie: Morgen müssen wir rausfahren in mein

Landhäuschen, wir müssen versuchen, den Zaun in Ordnung zu bringen. Ein Zaunstück, das mir ein Nachbar gerade erst wieder aufgerichtet hatte, er hat ein paar Dollar dafür gekriegt, aber gestern rief er mich an, weil der Zaun in die Gegenrichtung umgefallen ist, und jetzt liegt das Stück auf den Schutzgittern von zwei Bäumen. Diesmal könnte er mir nicht helfen, er wäre krank. Das Zaunstück muß über eine Pferdetränketonne rübergeweht worden sein. Der Wind da draußen ist manchmal furchtbar.

Sie sagte, das gibt dir einen Eindruck, wie ich lebe, es war aber so, daß ich am liebsten auf mein Wunschprogramm ganz obenan gesetzt hätte: Keine Pilze und keine Landarbeit, schrieb ich meiner besten Freundin. In der ersten Nacht in Pattys Gästekammer (mehr ist es nicht) habe ich Jetlag gehabt, ich wurde dauernd hellwach, und alles drehte sich, und der Wind rüttelte an den alten Holzsesseln auf der Vorderveranda, und stell dir vor, Patty trinkt abends noch Brandy, zwei sogar, aber durch den Brandy fand ich sie zum ersten Mal irgendwie menschlich, und ich hatte auch einen. Was Brandy genau ist, weiß ich nicht, und wie ich dich kenne, hättest du abgelehnt, aber weswegen ich ihn doch wollte, war, weil ich dachte, er wäre bestimmt gut gegen Pattys selbstgesammelte Pilze.

Abends spät trinken wir immer noch Brandy, einen oder zwei, schrieb ich Andi Fuchs, mit dem ich zur Zeit gehe. (Er ist nicht mein erster Freund, zweieinhalb hatte ich schon, nur: Mit ihm ist es wahrscheinlich was Ernsteres.) Du kannst es hundertmal im Film gesehen haben, Amerika, den Mittleren Westen, weit entfernt von allen Meeresküsten und fernab von größeren Städten, doch wenn du dann wirklich da bist, ringsum die Prairie und immer im Prairie-Wind, ist es total anders. Aber wirklich kommt es dir trotzdem nicht vor. Es ist jedesmal wieder wie in einem Film, nur daß du diesmal darin mitspielst, und zwar in einer Hauptrolle. Gleich am Tag nach meiner

Ankunft haben wir auf dem Land ein Zaunstück zu reparieren versucht, das der Wind über eine Pferdetränketonne gestürzt hatte, aber es ist nicht gelungen, weil massenhaft Mosquitos umherschwärmten. Patty fragte, ob ich genug Mut hätte, trotz der Mosquitos beim Bewässern zu helfen, und das habe ich gemacht, obwohl es, auch vermummt, verdammt nicht sehr gemütlich war, aber wenn du dir sagst, das ist der Film, du spielst diese Rolle, ihr habt ein Stück Land gekauft und wollt euch darauf einrichten, dann kannst du es, und du findest es sogar interessant.

An meine beste Freundin schrieb ich: Findest du es besonders gastfreundlich, wenn du einen Tag nach deinem langen Flug raus mußt aufs Land und, gegen Mosquitos bis oben verpackt, bei Gluthitze wie ein Sträfling zur Arbeit abkommandiert wirst? Daß ich vor der Reise noch zum Friseur ging, war idiotisch, schade ums Geld, denn hier zerrupft dich der Wind, wenn du nur die Zeitungen ins Haus holst. Patty hat die Haare kurz und glatt, sie sieht übrigens nicht schlecht aus, wenn man einen Sinn dafür hat, irgendwie schmissig. Sie ist groß und dünn. Meine Locken sind hin, mit dem Kamm komme ich nicht durch.

Lieber Andi, wir waren wieder draußen auf dem Land, diesmal ohne Mosquitos, dafür mit Pattys kleinem schwarzweißem Mischlingshund Flotow, und kaum angekommen, war der verschwunden. Dann sah Patty ihn beim nächsten Nachbarn herumkriechen, das sind ungefähr zehn Gehminuten, und sie rief ihn, aber natürlich umsonst. Als ich näherkam, trottete er heran und schleppte sich mit irgendeiner Beute ab, die ihm groß und schwer von der Schnauze baumelte. Weil Patty sie ihm nicht wegnehmen konnte, gingen wir zurück, und Patty holte aus dem Haus ihre Kamera, um Flotow mit der Beute zu photographieren. Er kam nicht durchs verschlossene Nordtor mit seiner Fracht, umlief den ganzen Zaun bis zum Südeingang und versuchte dort, Patty auszuweichen, aber die wollte ihn ja nur erst mal photographieren, und sie bekam ihr Photo. Was er in der Schnauze festhielt, war das Hinterteil eines Antilopenbocks. Er versuchte verzweifelt, seinen Fund zu vergraben, und zwar in einer Zaunecke, voll mit Iris überwachsen. Patty rannte nach einem Stück Zeitung und nahm ihm das Ding mit Gewalt weg und versenkte es in der Abfalltonne mit Deckel und schwerem Stein drauf. Am nächsten Morgen sagte Patty, sie hätte die ganze Nacht lang gegrübelt, woher Flotow diesen kleinen Kadaverhintern haben könnte. Bei den Nachbarn, mit denen sie deshalb telephonieren wollte, ging keiner ran. Wir hatten in ihrem Landhaus übernachtet, und nachmittags schleppte Flotow das dazugehörige Vorderteil an, aber ohne Kopf. Es war schon ziemlich verwest, Patty beförderte es auch in die Mülltonne, es hat gestunken, und Flotow auch, und Patty sagte, es müßte von weiter weg stammen. In der Nähe gäbe es keine Antilopen. Sie kennt sich aus, weil sie auf Antilopenjagd geht. Flotow wurde mit viel Seife und Schlauchwasser gewaschen. Die Mosquitos waren zurückgekommen, und es war irgendwie deprimierend und ermüdend in der Hitze. Am nächsten Morgen kratzte Flotow an der Fliegengittertür der Küchenveranda, um rauszukommen, und Patty warnte ihn, als würde das was nützen. Sie beobachtete, in welche Richtung er lostrabte, pfiff ihn zurück und folgte ihm mit der Trillerpfeife. Sie spürte ihn bald mit einem großen Stück Wildbeinknochen auf, er nagte gierig und glücklich daran. Als er uns erblickte, ließ er den Knochen zurück und trottete Patty entgegen, und ich fand, er sah nach schlechtem Gewissen aus. Hundegesichter haben auch verschiedenartige Gesichtsausdrücke, manche können sogar lachen, kleine Hunde in alten Hollywood-Filmen, einige lachen immer, sie werden damit geboren. Ich weiß jetzt wenigstens, sagte Patty, daß Flotow auf verbotener Fährte gewesen ist. Sie glaubt aber nicht, daß er ein Antilopen-Junges töten könnte und daß er es tun würde, wenn er es könnte. Irgendwo in der

Gegend müssen Teile von Jagdgut herumliegen, sagte sie. Und daß sie ihn nicht mehr allein rumstromern lassen könnte. Nicht, bis ich der Sache auf den Grund komme, sagte sie. Schade. Tut mir leid für ihn. Er fühlt sich so wohl hier draußen.

Wieviel Gedanken sie sich um den Hund und das Wild und all das macht! Und daß sie selbst Jägerin ist! Flotow und Patty, beide führen ein Doppelleben. Flotow, und dann ist er ihr *Hündchen*, kriecht nachts aus ihrem Bett und wieder rein, mal um vier, mal um fünf, je nach Nachttemperatur, meint Patty. In ihrem anderen Leben ist sie Professorin, sitzt an ihrem Schreibtisch und am PC und ringsum all ihre Germanistik, und beide Welten nimmt sie gleich pedantisch ernst. Manchmal finde ich sie ziemlich penetrant. Übrigens kam endlich am Samstag der Nachbar mit seinem Pickup und seinen vierjährigen Zwillingen und kriegte das Zaunstück wieder in die Höhe und befestigte es noch sicherer gegen den Wind, zu dem wir bei uns zu Haus *Sturm* sagen würden. Er kam in letzter Minute, denn Patty hatte fest geplant, daß wir beide es noch mal versuchen würden. Ich sags ja: Sie läßt nicht locker.

Frag sie aus, wie sie von morgens bis abends lebt, bat mich meine Mutter, merk dir, was sie trinkt und ißt und raucht, bitte auch die Markennamen. Sie will über Patty schreiben, vermute ich. Hoffentlich macht sie es nicht zu ähnlich wie damals bei Susi Winter, die seitdem nicht mehr ihre Freundin ist. Trotzdem berichtete ich, ohne irgendwas zu verschönern: Mit dem spartanischen Leben hattest du recht. Zu Gästen ist sie auch nicht netter als zu sich selber. Aber um sieben, wie sie, stehe ich noch nicht auf. Sie trinkt dann ein oder zwei Tassen Instant-Nestles-Sunrise-Kaffee mit 50 Prozent weniger Coffein, den ich später leider auch bekomme. Sie muß ihn über einen Laden in Fort Collins bestellen und dort abholen, weil es ihn in Laramie nicht gibt (für mich war an diesem Gesundheitsquatsch nur die Fahrt gut, denn einmal sind wir deshalb nach Fort Collins gefahren). Dazu schluckt sie eine Menge Vitamine, sie fängt mit einer Kautablette Vitamin C an und einer halben Vitamin B-50. Sie ißt ein bis zwei Scheiben Toast mit Marmelade, gesüßt mit Corn-Syrup: Safeway Select aus Kanada. Während des Semesters, hat sie mir gesagt, hat sie oft frühe Termine, in den Ferien muß sie auch wichtige Telephonate und Schreibarbeiten erledigen, und dann bereitet sie für mittags zum Beispiel eine (weil ich da bin zwei) bereits gekochte Kartoffel als Bratkartoffel zu, und dazu gibt es Gemüse: Mini-Möhren, Broccoli, Zwiebelstreifen, und manchmal wirft sie noch ein paar Stückchen Käse drauf. Wenn keine gekochten Kartoffeln da sind, backt sie welche, sechs Minuten in der Mikrowelle, und auf die kommt Mayo obendrauf. Dann macht sie ein paar Besorgungen in der Stadt, und gegen zwei ist sie wieder etwas hungrig und ißt ein Brot mit irgendwas, Tomaten, dünngepreßten Turkeyscheiben, oder ein paar Weintrauben, und sie trinkt etwas Lemon-Soother-Tee, oder sie legt einen Würfel Maggi Bouillon in eine Tasse mit heißem Wasser, und dann kommt der lange Nachmittag ohne was, und ich denke an Kuchen, an Kaffee, überhaupt an Süßigkeiten, aber sie sagt, die amerikanischen würden mich nur enttäuschen. Ab siebzehn Uhr fängt sie an, Nachrichten zu hören. Das Abendessen ist auch nicht so, daß man sich tagsüber darauf freuen könnte, und außerdem immer das gleiche. Übrigens, ich habe ihre *Cigs* vergessen. Sie raucht eine Menge, und das finde ich doch noch menschlich an ihr, aber weil sie lieber gesund leben möchte (mit der Mayo macht sie ja zwar auch Fehler), nimmt sie Carlton's oder Capri Ultra Lights. Ihre *Cigs* hat sie schrecklich entbehrt, als sie wegen Lumber Laminectomy (irgendwas mit der Wirbelsäule) in den University Hospitals and Clinics von Iowa City lag, dort und nicht in Laramie oder Denver, weil Freunde ihr die besten Spezialisten empfohlen hatten.

Aber das Abendessen: Immer Ramen Noodle Soup. Die billigste Sorte: Maruchan. Sie kauft sie nur im Sonderangebot für zehn Cent das Päckchen. So gut wie authentisch chinesische Suppe ist sie nicht, sagt sie, aber gut genug. *Gut genug* paßt ziemlich genau zu ihr und wie sie lebt. Kein Essen ohne ihre selbstgefundenen Pilze: entweder getrocknete pur, oder sie tut später frisch eingefrorene dazu. Und wieder die Minimöhren, Broccoli, manchmal noch Schnippelbohnen aus der Dose, manchmal etwas Schnittlauch, manchmal sogar Fischteile, Forelle. Das alles rührt sie in diese Zehn-Cent-Suppe. Je nachdem wieviel Flüssigkeit sie nachgießt, reicht die bis zu drei Tagen. Wenn je in Ramen Noodle Soup irgendwelche China-Gewürze waren, kannst du davon natürlich nichts mehr merken: von wegen *authentisch*! Mit dem Würzen hat Patty ohnehin nicht viel im Sinn, höflich gesagt. Ich glaube, sie ißt, weil es nötig ist. Ich darf nachsalzen, mit einem speziellen Salz, das sie auch von auswärts bezieht und von dem man viel braucht, bis es wirkt, und weil sie gesagt hat, daß es teuer ist, kann ich nicht genug drüberschütten. Wenn die Suppe fertig ist, steht Patty in der Küchennische und fragt: Habe ich noch Energie? Genug Energie? Für einen Gurkensalat, meint sie dann, oder einen Blattsalat. Den macht sie ohne Sauce, nur mit ein paar Zwiebelscheiben und etwas Zucker und ein paar Tropfen Zitronensaft (synthetisch), und wie der schmeckt, brauche ich dir bestimmt nicht zu beschreiben. Gegessen wird schon zwischen 18 und 19 Uhr, weil sie beim Essen die Lehrer-Nachrichten hören will. (Langweilig, aber immerhin, ich lerne Englisch. Amerikanisch.) Wenn du nicht da wärst, sagt sie, würde ich mich nach dem Essen in den Computer einspielen, mit einem Spiel Solitaire. Meistens öffnet sie dann noch ihre E-Mails. Manchmal nicht mehr, wenn sie Angst hat vor einer ekligen Nachricht von ihrer Schwägerin oder sonst jemand aus der Familie, anscheinend ist alles innerhalb ihrer Verwandtschaft schwierig. Ab und zu ruft sie ihre beiden Söhne an. Von ihrem geschiedenen Mann weiß sie nichts, nicht einmal, wo der jetzt lebt.

Auf dem Land ist das Abendessen ein bißchen anders. Sie öffnet eine Dose mit Suppe, in die sie aber natürlich ihre getrockneten oder die gefrorenen Pilze kippt. Gelegentlich macht sie uns Instant Mashed Potatoes dazu, oder sie grillt zwei Forellen draußen, es gibt aber nicht beide, wir teilen uns in eine, die Reste nimmt sie mit nach Laramie, wo sie eine Woche lang als Zutaten reichen. Du mußt versuchen, vom Reis satt zu werden. Auf den ausglühenden Kohlen vom Grill backt sie noch ein paar Kartoffeln als Vorrat. Und wenn du nicht total satt bist, ist es nicht so schlimm, wegen dem Brandy später und Brot mit Käse vorm Insbettgehen.

Auf dem Land, lieber Andi, werden nach dem Abendessen noch die Bäume auf Pattys Gebiet bewässert. Eimerweise schleppe ich das Wasser über ganz schön weite Entfernungen, du würdest staunen, wieviel Massen der Boden schluckt, und wenn du mit der nächsten Ladung anrückst, sieht er aus, als wäre nichts gewesen. Der Wind trocknet alles aus, die Pflanzen saufen mehr als die berüchtigtsten Männer an der Theke im Saloon. Du würdest mich als Prairie-Arbeiterin nicht wiedererkennen, ich bin schon ganz gegerbt. Es ist immer noch der Film, in dem ich mit einer anderen Frau unser Stück Land gegen seine natürlichen Feinde verteidige. Das Leben ist hart hier draußen.

Meiner besten Freundin schrieb ich: Das Blöde ist, Patty merkt überhaupt nicht, daß ihre Art zu leben nicht unbedingt meine Leidenschaft ist. Zum Beispiel hat sie neulich gesagt: Tut mir so leid für dich, daß du nicht in der Pilzzeit gekommen bist. Sie meint allen Ernstes, mir würde das Pilzsammeln genauso wie ihr extrem Spaß machen. Sie gibt sich nicht die geringste Mühe, mich kennenzulernen. Auch nicht, eine Gastgeberin zu sein. Sie macht ihren Alltagstrott einfach weiter, mit all ihren Gewohnheiten. Wir sehen so gut wie überhaupt nicht fern, obwohl Patty behauptet, sie sieht jetzt mehr als sonst – mir zuliebe. Sie fragt nicht, ob ich irgendwas kennenlernen will, per Autotour, ich sollte ja eine Wunschliste machen, sie fragt nicht danach. Aber du kennst mich, ich bin ja nicht vor lauter Höflichkeit verklemmt, und so habe ich in meiner zweiten Woche doch an meine Sightseeing-Wünsche erinnert: Nevada, die Wüste und Las Vegas mittendrin, das Death Valley, von dem ich ein Kalenderblatt in meinem Zimmer aufgehängt habe, du kennst es, das Opera House, und auf den Pacific und L. A. hätte ich auch gehofft, das sind ja für Amerikaner alles keine Entfernungen, oder? Jedoch, großes Pech, seit Patty ihr Stückchen Land gekauft hat, ist sie davon wie besessen. Wenn sie nicht aufpaßt, solang die Pflanzen so empfindlich sind, verwildert und verkommt alles im Nu, sagt sie, na und so weiter. Und außerdem wären Semesterferien nicht, was ich mir darunter vorstellte, sie hätte eine Menge Arbeit am Hals, zum Beispiel für den Sierra Club, und mit Veröffentlichungen. Ein halbes Leben lang hätte sie sich mit dem Wettrennen in der Computer-Branche geplagt, und wenn man gerade das letzte System bewältigt hätte, würde ein neues eingeführt. E-Mail wäre prima, wenn das System funktioniert. Mit den Websites hat sie ein Problem. Durch Kommerzialisierung stoßen sie mich ab, erklärt sie. Ich verstehe kein Wort, muß es aber alles für meine Ma aufschreiben.

Übrigens habe ich auch vorgebracht, daß ich große Lust auf irgendwelche Cereals mit gezuckerter Milch hätte. Patty ist zwar skeptisch mit Milch (und Zucker auch, macht sie nur an Salate ein bißchen), hat aber beim letzten Einkauf trotzdem welche besorgt, und so saß ich mit Bran Flakes beim Frühstück, und sie sagte: Heute krieg ich keinen Bissen runter, und daß sie nachts kaum geschlafen hätte. Sie hatte abends mit einem ihrer Söhne telephoniert. Das bekommt ihr zwar nie besonders gut, aber diesmal gab es außerdem schlechte Nachrichten: Stephen hat seine Stelle verloren. Patty inhalierte ihre Capri Ultra Light, Qualm kam aus ihr, als würde etwas in ihr anbrennen, ihr angebissener Toast lag auf dem Teller, während sie weitererzählte. Mehr als fünf Jahre war er bei Nortel. Und plötzlich das. Die Geschäftswelt ist grausam.

Was ist Nortel? fragte ich.

Northern Telecom. In Dallas. Es ist ein Schock für ihn. Weil mir außer den üblichen Mitleidsadjektiven nichts weiter einfiel, war ich froh, daß sie, aber mehr für sich, einfach vor sich hin redete: Wir haben lange über diesen Schlag diskutiert, und daß er zum Glück eine schwierige Darmoperation gut überstanden hat und dafür wenigstens bis dato krankenversichert ist, nur, wie sein Leben jetzt weitergehen soll, keine Ahnung. Er ist seit über einem Jahr geschieden und hat seiner Frau gegenüber und seinen zwei Kindern, dreizehn und zehn, enorme Verpflichtungen, weil die schrecklich verwöhnt sind und die Frau sich weigert, auf eigenen Beinen zu stehen, Benny weigerte sich sogar, in die Schule zu gehen, man muß abwarten. Patty seufzte und zog an der Cig und sagte, sie hätte es vielleicht gar nicht erfahren, denn immer ist sie diejenige, die bei den Söhnen anruft, und sie würde wohl oder übel heute abend wieder mit diesem Stephen telephonieren, nicht jedoch mit Nick, falls der auch schlechte Nachrichten hätte, wäre das auf einen Schlag zuviel für sie. Dieser Stephen hatte sehr gut verdient. Nun muß er was anderes finden, aber es wird bestimmt nichts Gleichwertiges sein.

Ich ahnte schon, daß sie sich zum Trost aufs Land retten würde, was soviel heißt wie Schufterei, aber es kam schlimmer: Der Nachbar rief an, er hatte eine Stelle mit massenhaft Pilzen entdeckt. Und blitzartig war die familiäre Katastrophe vergessen, und wir ließen in der Küchenecke alles liegen und stehen, und es wurde ein Sammelnachmittag draus, an dem das Beste die Fahrt war. Diesmal nicht nach Osten, diesmal nordwestwärts und in einen Wald mit ungerodetem Dickicht aus niedrigem Gestrüpp und herumliegenden Zweigen, Ästen, vermoderten bemoosten Stämmen. Spazierwege wie bei uns gibt es keine.

Dann konzentriere dich auf die Steinpilze, hatte Patty gesagt, als ich mich vor dem Sammeln drücken wollte, weil ich von Pilzen keine Ahnung habe, und sie hat mir einen Steinpilz so gründlich wie durch ein Mikroskop beschrieben und noch den Witz gemacht: Bis heute bist du ja noch nicht vergiftet, und wir hatten täglich Pilze zum Essen.

Lieber Andi, in hohen Stiefeln und trotz Hitze wieder vermummt gegen werweißwelche Viecher, stapften wir durch so was wie Urwald. Es ist ein geheimer Ort von Pat und dem Nachbarn, an dem sie sammelt, und ihre Funde beschriftet sie mit einem Geheimcode für diese bestimmte Stelle. Ihr Jagdgebiet ist nicht der North Park, ca. 100 km südlich von Laramie. Übrigens gibt es in der Nähe keine Wälder, so daß wir meilenweit fahren mußten (war aber interessant), denn Laramie liegt inmitten der Laramie Plains, das ist einer der üppigsten Grasbezirke der USA. Außerdem liegt es am Big Laramie River. Es ist weiter dauernd wie in einem Western, aber Pferde könnten hier nicht durchwaten, der Big River sieht gefährlicher aus als irgendein Fluß, den du je gesehen hast, und irgendwie bleischwer.

Bei meiner besten Freundin habe ich mich über diesen Pilztag beschwert. Und darüber, daß wir auf dem Rückweg nicht mal die Ausnahme machten, in dem Howard Johnson's am Ortseingang von Laramie zu essen, obwohl Patty es beinah vorhatte. Die Pilze trieben sie nach Haus. Dort ginge die Arbeit mit ihnen weiter. Und nachts wird es von eben auf jetzt ganz schön kalt, weil in den Plains nichts da ist, das die Hitze speichert, so ungefähr.

Liebe Ma, vielleicht was für dein Buch: In Pattys Uni-Zeit (Semester) ist sie von neun morgens bis in die Nacht mit Arbeit eingedeckt. Sie sagt (als ich sie für dich ausfragte): Meine besten Energien gehen drauf. Ihre besten Energien würde sie vielleicht für die Schinderei auf ihrem Landbesitz und die Antilopenjagd und die Pilze brauchen, denn daß sie irgendwas ganz Ruhiges mal genießt, kann man sich nicht vorstellen. Also Uni: Tägliches Unterrichten (macht sie noch am liebsten). Endloser Papierkrieg (?). Hundertfaches Dokumentieren ihrer Arbeit auf verschiedenen Gebieten (?), endlose, resultatlose Konferenzen, Committees (das nächste Wort kann ich nicht lesen, ich kam beim Mitschreiben nicht gut nach), Bürosprechstunden mit Studenten, die aus unentschuldbaren Gründen ihre Seminare geschwänzt haben und ihr dafür dann im Büro die Zeit stehlen (so ungefähr), und jetzt kommt wieder das Menschlichste an Patty (wäre sie doch beim Essen auch so!): kein erlaubter Ort für eine Zigarette auf dem ganzen Campus. Und zu Haus der Streß mit ihren Publikationen, der hat auch zugenommen. Die Kollegen findet sie mißgünstig. Sie würden alles, was sie leistet, verkleinern, und sich großherrschaftlich zu Administratoren mausern. Sie sagte: Eigentlich weiß ich selbst nicht, wie ich dieses *rat-race* so geduldig und sogar freudig akzeptiere, alles für ein unangemessenes Gehalt. Und sie hätte nie Zeit gefunden, etwas Vernünftiges mit dem Geld anzufangen, ihre Söhne wären bei jeder Gelegenheit darüber hergefallen, aber dann hat sie sich dieses Stück Land gekauft. Und das macht sie, obwohl es doch wieder nur Arbeit ist und viel Hin und Her, richtig glücklich. Sie glaubt, daß erst mit dem Ruhestand ihr wahres Leben anfängt. *Ich* glaube, es wird ein *rat-race* bleiben. Nur: ein selbstgewolltes. Nichts von dem, was sie schön findet, wäre nach meinem Geschmack. Zum Beispiel nennt sie unseren total entbehrungsreichen Waldtag ihr *Pilzglück*. (Mein *Pilzpech*.) Übrigens habe ichs mit den Steinpilzen nicht mehr so genau genommen, ich sammelte alles, was nach Steinpilz aussah, *ich* wäre ja längst weg, wenn diese Ausbeute in Maruchan Ramen Noodle Soup geschmissen würde.

An alle schrieb ich, natürlich in den für sie passenden Variationen, was ich selbst bis zu diesem Moment und vielleicht nie ganz und gar verstehe: Zurück in Laramie, war der Pilztag noch nicht zu Ende. Denn Patty sagte: Schon deshalb sind wir nicht ins Howard Johnson's gegangen, weil es für die Pilze das beste ist, sie sofort zu verwerten. Wir werden es uns mit dem Essen leichtmachen (als würden wir das nicht immer!) und dann sofort mit der Arbeit loslegen. Aber das war es noch nicht, was ich meinen Leuten schrieb und selbst nie ganz kapieren werde. Nur für mich erzähle ich es der Reihe nach. Die besten, nicht zu großen Pilze wickelten wir in Wax-Papier ein, sie wurden sofort eingefroren, nachdem sie in kleinen Kartons verpackt waren. Andere, die überreif oder etwas beschädigt waren, warfen wir in einen Kochtopf mit kochender Suppe (für die nächsten Tage, Maruchan Ramen!), und die ganz großen Exemplare hat Patty allein übernommen und auf Tabletts eines Gemüse- und Früchte-Trockners (Dehydrator heißt das Ding) geschnitzelt oder geschnitten. Das war die langwierigste Arbeit, und um Patty nicht zu kränken (hätte ich vielleicht gar nicht, aber was sollte ich sonst tun?), habe ich ihr dabei zugesehen. Über Nacht bleiben die Pilze auf den Tabletts, dann erst werden sie in den Trockner geschoben. Wenn sie total trocken sind, füllt Patty sie in Schraubgläser (von denen sie eine Unmenge hat), und dabei habe ich am nächsten Tag wieder geholfen, und dann werden Schilder aufgepappt und Patty beschriftet sie: Datum, Sorte, der Geheim-Code für den Ort, an dem der Nachbar sie entdeckt und Patty und ich sie gesammelt haben. Es hat gedauert und gedauert, aber gegen halb eins gab es endlich Abwechslung. Mit mir war an diesem Vormittag sowieso nicht viel los, auch Patty hatte Kopfweh und sagte, es sei das Klima, und obwohl sie hier schon ewig lebe, spüre sie bei Wetterwechsel immer noch die Höhe und die trockene Luft, Laramie liegt 2180 Meter hoch, und von meiner Mutter weiß ich, daß sie mal früher in Snow Bird/Utah, in den Rockies, 3000 und etwas mehr Meter hoch, nach Atemluft nur noch japsen konnte und runter nach Salt Lake City geholt werden mußte. Aber ich hatte erst nach dem Pilztag ein Problem damit (Streß?), und das Wetter hat sich auch nicht geändert. Nur, all das ist es immer noch nicht, was ich nach Haus schrieb. Das ist viel seltsamer, noch viel unverständlicher.

Die sehr willkommene Abwechslung war, daß plötzlich Pattys Freundin Stella in unsere Pilzwirtschaft platzte, kaum eine Minute nachdem der Türklopfer gegen das Metall geschlagen hatte. Einen Besuch bei ihr hatte Patty mir schon in meiner ersten Woche in Aussicht gestellt, aber wegen der Landarbeit war es nie dazu gekommen. Leider, denn meine Hoffnung auf Nevada oder L.A. hatte ich aufgesteckt, und von Stella wußte ich, daß sie wundervolle Kuchen backen kann. (Ungesunde, sagte Patty.) Mitgebracht hat sie nichts, aber Pattys Nachbar hatte zwei Tage zuvor einen kleinen Eimer mit Früchten abgeliefert, die er an Sträuchern auf seinem Land gefunden hatte. Sie würden prima schmecken, sagte er, und daß seine Frau schon welche eingemacht und andere in einem Kuchen verarbeitet hätte. Doch Patty traute dem Ganzen nicht recht, sie telephonierte mit Stella, die Botanikerin ist. Am Telephon konnte Stella die Früchte nicht identifizieren. Sie sehen wie kleine Weintrauben aus, sagte Patty, die meisten sind dunkelblau, manche grüngelb. Stella fand es dumm, daß der Nachbar die Früchte von den Zweigen gepflückt hatte, mit einem Muster ginge das Identifizieren besser, sie meinte die Blätter.

Eine Schönheit ist Stella auch nicht, aber man sieht ihr irgendwie die wundervollen Kuchen an, nicht weil sie dick wäre, sie hat was Lustiges, und das fehlt bei Patty. Übrigens, meine Mutter sieht jünger und besser aus als die zwei zusammen, die man beide nicht für Amerikanerinnen halten würde, wenn man von Filmen ausgeht. Mir gefiel Stella sofort. Auch Flotow war sehr zutraulich mit ihr, obwohl sie kein Getue mit ihm gemacht hat. Oder deshalb. Er ist nicht der Hund für so etwas. Mich hat er von Anfang an akzeptiert, er hat was Sachliches, paßt zu Patty. Er nimmt mich auch nicht als Gast. Wir leben wie Familienmitglieder.

Jetzt nähere ich mich dem Rätselhaften. Mit der Lupe über einem Stiel, der an einer dieser Beeren noch nicht abgerupft war, fragte Stella als wäre es nichts Weltbewegendes: Martha, was hältst du davon mitzukommen, wenn ich am Freitag nach St. Anne losfahre. Patty sagte mir, du hättest Lust zu Ausflügen, und meiner geht bis an den Pacific. Zu Patty sagte sie, sie nähme wohl oder übel das Auto, obwohl sie weite Strecken lieber fliegen würde, aber sie müßte auf dem Weg zu ihren Eltern Station bei ein paar Freunden machen. Ihren Eltern wollte sie beim Umzug in ein Altenheim helfen, aber sie könnte mich trotzdem nach L. A. zum Flughafen bringen, wenn meine Ferienzeit um wäre. Abschied von Laramie und dem Landstück, von Patty und Flotow also schon in ein paar Tagen, dann anderthalb interessante Wochen unterwegs mit Stella. Überlegs dir, sagte Stella.

Was gibts da noch zu überlegen, sagte Patty. Sie hats ziemlich eintönig bei mir. Patty lachte kurz, aber es sah so aus, als wäre sie nicht auf meine Entscheidung neugierig, nur auf Stellas botanisches Untersuchungsergebnis. Könnte es eine seltene Kirschsorte sein? fragte sie. Ich fand, daß Flotow mich komisch anblickte, es war der Blick, wenn er was will, beispielsweise beim Essen, dann wendet er den Kopf so ein bißchen hin und her.

Stella probierte jetzt (ganz schön mutig) eine dieser Früchte. Sehr süß, sagte sie, spuckte einen kleinen Stein in die hohle Hand. Der frühere Besitzer von Pattys Land müßte wissen, was für ein Obst das wäre. Patty rief ihn an, es war ihr und auch Stella so wichtig, daß sie bis nach New Mexico telephonierte, und ich dachte: Das ist Amerika. Mittendrin im Westen in den Laramie Plains ist es wahrscheinlich mehr Amerika als in L. A. oder an anderen berühmten Plätzen. Gleichzeitig mit diesem Gefühl war ich schon, überwach vor Neugier, westwärts unterwegs, die gepackten Koffer im Kofferraum. Ich würde keine gekränkte Patty zurücklassen, Flotow würde ihr Abschiedswinken dazu nutzen, wieder auf Jagd zu gehen. Patty läse ihre E-Mails oder wäre wieder von irgendwelchen ländlichen Tätigkeiten besessen, und sie würde ihre Ramen-Suppe löffeln und Lehrer-Nachrichten hören. Jetzt kam sie vom Telephon zurück: Ja, die sind eßbar. Es ist eine Zwergkirschsorte. Patty brauchte fünf große Schüsseln für die Ernte im Eimer. Die meisten fror sie, gewaschen und etwas gezuckert, in kleinen Yoghurtbechern sofort ein, und ich, kribblig vom Gedanken an die Reise mit Stella, fragte: Und warum gibts, seit ich hier bin, niemals Yoghurt? Was genau Patty sagte, sie hat einfach an Yoghurt oder ähnliches nicht gedacht, ist unwichtiger als das, was Stella rief: Martha, du kennst Patty nicht, sie ist eine Asketin.

Weil man Patty nicht kränken kann (nicht jenseits der Uni), sagte ich, das hätte ich an meinem ersten Abend schon gemerkt. Und Stella sagte: Man muß sie drauf stoßen, einfach sagen: Und wo bleibt das Dessert? Sie findet die amerikanischen nicht gesund, sagte ich, und Patty hat sich nur amüsiert und versprochen: Ich werde mich bessern. Bis zum Freitag, wenn du von hier wegbraust. Ich vermute, du wirst das tun. Und jetzt sah Flotow wieder komisch aus, aufgewacht aus seinem Schlaf, so plötzlich, wie das nur bei Hunden geht.

Mit Haarnadeln, die in Korken steckten, haben wir die kleinen Kirschen entsteint, und als Stella sagte, sie habe

Hunger (und ich: Ich auch!), und Patty zum Herd ging, um die Suppe von gestern aufzuwärmen, was sie auch ankündigte, hat, wunderbarerweise, Stella protestiert und vorgeschlagen, in der Stadt irgendwas zu kaufen: Pizza? Oder was vom Chinesen? Und mich dabei angesehen, mehr mich als Patty hat sie gefragt, und mir war beides recht, und Patty hat nichts dagegen gehabt, nur gesagt, der Italiener wäre näher, zwei Blocks weg von North 17th Street, in der Village Road/Ecke Lipton's View Road. Ich wußte überhaupt nicht mehr, wie etwas anderes als Noodle Soup, Gemüseschnipsel, Pilze, Turkey und sonst ein paar Sachen mit wenig Würze schmeckt. Ich freute mich auf die anderthalb Wochen mit Stella. Und vorher auf den Kuchen, den sie zusammen mit Patty machte, nach einem deutschen Rezept, sagte Patty, und Stella, die Wein mitgebracht hatte, mischte den mit Wasser und einem Pulver zu Tortenguß, und wir aßen die Pies am Abend: zusammen mit der Pizza und trotz etwas komischem feuchtem Teig bei beiden, Pizza und Pies, das Beste, das ich seit Amerika hatte. Dazu hörten wir eine von den alten Langspielplatten Pattys, Schuberts Cello-Quintett in C-Dur. Ruf mich bald an, sagte Stella zu mir, als sie in ihren alten Buick stieg, damit ich den Reiseproviant planen kann. Mach ich, sagte ich. Ich komm mit, wollte ich nicht sofort sagen, wegen Patty (und Flotow?) und obwohl man sie nicht kränken kann.

Als ich am nächsten Morgen in den Wohn- und Arbeitsteil des großen Zimmers kam, um die für mich gekauften Bran Flakes und die für mich gekaufte gezuckerte Milch zu frühstücken und vom halbcoffeinierten Kaffee zu trinken, heißes Wasser in der Thermoskanne aufs Pulver, fand ich Patty in ungewöhnlicher Aufmachung vor. Sie saß am Computer, unfrisiert, ungewaschen (das sagte sie), und über einem dicken vergilbten Morgenrock hatte sie sich in eine alte Decke eingewickelt, neben sich eine Tasse mit ihrem Karo- oder Pero-Gesöff, aber auch einem Brandy. Die Sonne war schon herausgekommen, heute war der Himmel wolkig, alles sah abgeblaßt aus, und auf der Westseite draußen gegenüber North 17th Street turnten und klimmten schon die Bauarbeiter auf ihren Gerüsten herum, die den Häusern in der North 17th immer näher rücken: Daß sie bald keinen freien Ausblick mehr hat, war mit ein Grund, sich auf dem Land anzusiedeln. Sie sagte, sie hätte schlecht geschlafen, Kopfweh, den Magen verkorkst und vielleicht ein bißchen Fieber. Aber dann: Die gute Nachricht! Stell dir vor, bei Chris und Ean Harper hat der uralte Avocado-Baum plötzlich Früchte! Die Harpers leben zwischen Mount Hanna und Green River einige Meilen von hier. Sie schätzen den Avocado-Baum auf fünfzig bis sechzig Jahre, und er hat, sie wissen es vom Vorbesitzer, noch nie in all den Jahren was gebracht.

Ich hoffe, du kommst mit, wenn ich gegen Mittag losfahre. Wir dürfen den Rest ernten, und es hängen noch mindestens vierzig Früchte dran, wenn nicht ein paar mehr.

Mit der interessanten Strecke hatte es nichts zu tun. Ein Besuch bei den Harpers war sowieso halb geplant. Und Ernte bedeutete Landarbeit (Mosquitos?). Und die *schmackhaften* Speisen aus Avocados, von denen Patty redete, wären ungewürzt und auch nicht sehr verlockend. Und Flotow hat geschlafen. Das alles also kann es nicht gewesen sein, weshalb ich plötzlich das sagte, was mich selbst überraschte und ich werweißwann und dann vielleicht auch nicht genau verstehen werde: Ich habe mich übrigens entschieden. Pattys Computer flüsterte vor sich hin, sie fragte: Wofür? Ich sagte: Nicht mit Stella zu fahren. Fürs Hierbleiben bis zuletzt.

Du kriegst nichts geglaubt

Was ich bei Johanna und Lee, Lee ist mein amerikanischer Stiefvater, außerdem beobachte: Du kriegst nichts geglaubt, nicht in der Ehe, nichts, was nicht total plausibel klingt. Ich habe, anders als Lee und als vorher mein Vater, einen Blick dafür, speziell für Johanna, und ich weiß, wann sie schummelt, wann aber auch ganz und gar nicht. Und ganz und gar nicht den geringsten Anlaß, dran zu zweifeln, gabs, als sie Lee zum ich weiß nicht wievielten Mal erklärte: Ich hab mit Carlos einen saublöden Abend verbracht. Ich schwörs dir. Sie setzte die Wörter voneinander ab, wie eine Lehrerin, die in der ersten Klasse ein Diktat gibt.

Ich wußte, sie hatte sich diesen Carlos endgültig abgeschminkt. So was merke ich ihr einfach an, für mich wars sonnenklar, aber Lee blieb stur, wie es Jahre zuvor mein Vater geblieben wäre, stur und bitterböse. Männer kapieren überhaupt nichts. Männer und Frauen, dazwischen liegen Welten, ich meine, wenn es hart auf hart kommt. Oder so: Diese Welten liegen *immer* zwischen ihnen, aber in Friedenszeiten fällts keinem auf.

Lee konnte nur immer wieder fragen: Und warum bist du so ewig mit ihm in diesem Bistro hängengeblieben, wenns so saublöd war?

Sie sehen nur Fakten, Uhrzeiten, sie sind Vermesser, die Männer. Unser Familienleben regt mich wirklich nicht zu der Absicht an, jemals zu heiraten. Nicht, wenn ich an meinen Vater denke, und durch Lee hat sich daran weniger als wenig geändert.

Und alles andere als hellsichtig benahm Lee sich, als Johanna noch wirklich an Carlos interessiert war. Ich sah auch das sofort, sie machte sich was aus ihm – hat mir übrigens nicht gefallen, sie führte sich albern auf –, aber Lee war arglos wie ein Mistkäfer, der in der Mitte vom Waldweg krabbelt und nicht am Rand, wo die Radfahrer und die Fußgänger ihn mit geringerer Wahrscheinlichkeit niederwalzen.

Jetzt, bei Johannas gräßlicher Rückkehr – sie hatte eine Freundin besucht, aber hauptsächlich, um bei der Gelegenheit Carlos zu treffen –, jetzt sprachen sämtliche Indizien gegen sie. Männer lieben Indizien. Da war zum Beispiel Johannas Fahrlässigkeit. Sie hatte in einem Taxi ihre Plastiktasche liegengelassen, mit nichts Wichtigem drin, aber immerhin. So was passiert ihr sonst nicht. Johanna ist in manchen Dingen eher überkorrekt, mein Lieber, hätte ich beinah zu Lee gesagt, aber das hätte die Sache erst recht verdächtig gemacht. Und dann: Seit wann verschläft eine Frau, die so selten mal lang und gut schläft wie Johanna? Sie hat anrufen und eine spätere Ankunft mit dem Bus ankündigen müssen. Als Lee sie immer wieder darauf festnagelte und Johanna wegen ihres guten langen Schlafs beargwöhnte – ist er gut im Bett, der Schuft, und so weiter –, schrie Johanna plötzlich: Mein Gott, ich war so nervös und auf der ganzen Fahrt im Bus so, ich weiß auch nicht, so *entfremdet*, ich hab nichts mehr verstanden, ich hatte Angst, und die Gegend war, als wäre ich nie dort gewesen, ich hab immer noch Angst, daß ich geisteskrank werde.

Oder daß ichs schon bin, geisteskrank.

Lee lachte, es hörte sich furchtbar feindselig an. Aber er war so todunglücklich wie sie, das muß ich zu seiner Ehrenrettung sagen. Daß er ihr niemals glauben würde, in all den kommenden Jahren, nie und nimmer, das ist für ihn so schlimm wie für sie. Das kapierte ich plötzlich. Ich haßte sie beide, und beide liebte ich. Aber lang werde ich hier nicht mehr bleiben.

Angerührtes Mehl

Du bist gemein, richtig gemein. Das Kind konnte die Mutter überhaupt nicht verstehen. Warum war sie bloß plötzlich so gemein? Und sie bemerkte es nicht einmal. Wut und Niederlage irrten in seinem Körper herum, als wären sie zwei eingesperrte Tiere. Es rannte die Treppe hinauf, und so bald würden die Frauen in der Küche es nicht mehr zu sehen kriegen. In seinem Zimmer bliebe es, bis sie es da unten doch nicht durchhielten und nach ihm rufen würden. Es stellte sich vor den ovalen Spiegel, in den rot und golden eine Gordon's-Gin-Reklame eingelassen war, aber was es sah, war genug: Das braune Haar stand nicht mehr ab, wie schrecklich! Die Mutter hatte drin herumgezaust, als wollte sie die ganze Nivea-Creme rausrubbeln. Das Haar war zusammengerutscht. Aber strubblig war immer noch besser als so glatt wie sonst nach dem Waschen, nur sah es nicht mehr annähernd so aus wie bei Daniela, die Naturlocken hatte. Das Kind war abgelenkt, aber die Empörung und daß es gekränkt worden war (vor den andern in der Küche!), machten es klein und schäbig.

In der Vorweihnachtszeit halfen die Großmutter und zwei Tanten (die eine wohnte hier sowieso) beim Plätzchenbacken und den anderen Vorbereitungen. Die Mutter haßte plötzlich die stille Frauenemsigkeit und schied innerlich, während sie Ingwer mit Eischnee vermischte, aus diesem Team aus. Verstand und Gefühl hatten ihren Liebling schon auf der Treppe eingeholt. Es war so lächerlich, einfach alles: Das Teigausrollen, das Ausstechen mit den Förmchen, das Einfetten der Bleche – aber wieso passierte es ihr immer wieder! Sie verstand ihr Kind doch bis ins verborgenste Seelenversteck hinein. Ich habs gekränkt, ich habs mit meinem brutalen, gedankenlosen Erwachsenenrealitätssinn aus der Welt gerissen ... na gut, vorübergehend. Bis die Plätzchen fertig waren, wäre alles vergessen. Doch weder rechtfertigte noch tröstete das. Das Beste, was es gibt, ist mein kleiner Goldbrocken – und jetzt ist alles verdorben! Weil aus den Locken nichts geworden ist, wie schlimm, wie enttäuschend schon für sich genommen. Und doch nichts, verglichen mit der Blamage durch mich. Durch meine verdammte Bemerkung vor den andern: Wie siehst denn du bloß aus! Mein Schätzchen ist nicht nur eitel, es ist hellhörig, und was nicht freundlich ist, tut ihm weh wie ein geplatztes Trommelfell. Das hat es von mir, die schreckliche, ganz und gar korrekte Empfindlichkeit, die wie das Quecksilber im Thermometer bei allen Lieblosigkeiten hochschnellt.

Eigentlich wollte sie heute gar nicht kochen. Die Frauen in der Küche hatten beschlossen, sich mit ein paar Sandwiches und Kaffee zu begnügen, damit sie, am Küchentisch, die Backröhre im Auge behielten. Deshalb war die Großmutter erstaunt, als ihre Tochter nach komischem Rumdrucksen (sie legte die Buttersterne nicht mehr in ordentlichen Reihen aufs Blech) in den Flur trat und rief: Willst du nicht wieder runterkommen? Mehl anrühren!

Wozu brauchst du angerührtes Mehl?

Ich weiß noch nicht. Dann rief ihre Tochter wieder nach oben: Wir brauchen dich zum Mehlanrühren!

Aha! Jetzt hat sie sich aber schämen und dann einen Ruck geben müssen! Das Kind kannte die Sachlage: Niemand anderes konnte Mehl klümpchenfrei anrühren. Das war offiziell. Deshalb sind sie jetzt da unten ohne mich in der Zwickmühle, gings ihm durch den Kopf, der sich dann gründlich irrte: Oder weiß die Mutter überhaupt nicht, was sie angerichtet hat? Ja. Sie hat überhaupt nichts gemerkt, sie hat keine Ahnung! Das Kind wurde nicht draus schlau, ob das erst recht schrecklich oder vielleicht sogar gut war.

Durch welche Kraft die Mutter sich dazu überwinden konnte, das Kind zu rufen, sie kommt doch wieder nicht ganz dahinter. Sowenig wie das Kind herausfinden kann, warum es plötzlich seinen trotzigen Stolz im Stich ließ (wie einen Gegenstand), als es aus dem Zimmer hinunterlief. Mutter und Kind, wieder gemeinsam in der Küche, reden aus Vorsicht noch nicht viel miteinander. Beiden kommen beinah die Tränen, immer mal wieder. Die Mutter empfindet es als ein Wunder, mit welch ruhigem Stolz das Kind unterm leicht aufgedrehten Wasserstrahl im Mehl rührt. Das Kind hätte am liebsten seinem verlorenen Elend hinterhergeweint, froh, es loszusein.

Das angerührte Mehl wurde dann nicht gebraucht, worüber Großmutter und Tanten den Kopf schüttelten – aber sie lobten das Werk, obwohl heute ein paar sehr kleine Klümpchen im sämig gerührten Mehl schwammen, sie lobten es gebührend, ohne zu ahnen, wieviel Applaus das Kunststück wirklich verdiente.

Ballonfahrer

Beginnen, hm. Etwas beginnen. Anni ließ sich einen Moment Zeit zum Nachdenken. Ich wußte, daß sie glücklich war. Obwohl sie noch gar nicht so lang die zweite Frau meines Vaters ist, kenne ich sie in mancher Hinsicht besser als mein Vater, dafür lege ich meine Hand ins Feuer. Eigentlich kann ich sie gut leiden. Ehrlich gesagt, ich möchte ihr gefallen. Und wieder in mancher Hinsicht besser gefallen als mein Vater, etwa so, als sendeten und empfingen wir irgendwas, das nicht erst ausgesprochen werden muß, auf der gleichen Welle. Ich mache das ohne Untreuegefühle, was nur glückt, weil ich mich an meine Mutter fast überhaupt nicht erinnern kann.

Anni vergaß, daß sie essen wollte, spielte mit dem Löffel im Honigglas, ließ den Honig von immer höher zurück ins Glas träufeln, und die Märzsonne blinkte in dem goldenen Strahl und machte ihn durchsichtig, und jetzt war ich plötzlich nur noch gereizt, es ärgerte mich, daß ich überhaupt auf Annis Frage *Was liegt heute an* mit meinem blöden Aufsatz herausgerückt war, die Schule ist nun wirklich das letzte, worüber ich mich gern unterhalte, mit ihr schon gar nicht und erst recht nicht morgens beim Frühstück. Um diese Zeit rede ich sehr ungern. Meinem Vater gehts genauso. Und als Anni putzmunter ankündigte, sie sei gleich soweit und einer Idee dicht auf den Fersen, war bei mir das Faß zum Überlaufen voll, also stand ich auf und ließ die Jalousie herunter. Weil ich weiß, Anni mag es sonnig, und überhaupt: den frühen Morgen, das verdammte gemeinsame Frühstücken, und, das für meinen Vater und mich Problematischste, das Reden.

O bitte nein! Zieh das Ding wieder rauf! Es ist ein so herrlicher Morgen! Mit Annis Reaktion auf meine kleine Untat hatte ich gerechnet, aber ich rührte mich nicht, und Anni war viel zu abgelenkt, weil es heute ein richtiges Gesprächsthema gab. Wegen des Schattens war meinem Vater und mir ein bißchen weniger miserabel zumute.

Du mußt jeden Tag so beginnen, als wärs dein letzter. Mein Schatz, faß jeden Tag als Neubeginn auf! Hast du das je so gesehen? Anni strahlte mich an, ich mußte an eine starke Taschenlampe denken, die ein Stückchen Finsternis ausleuchten will, und das Stückchen Finsternis war ich. Ihr gut durchblutetes Gesicht (sie wünscht es sich blasser, auch weniger rund, wie ich weiß – das gehört zu den Dingen, die ich gemeint habe mit der »gewissen Hinsicht«, in der ich sie besser kenne als jeder sonst), ihr noch vom zu früh abgebrochenen Schlaf ausgepolstertes Gesicht mit den großen blauen teichartigen Augen darin, sah ganz und gar nicht nach letztem Tag aus. Die Frage, ob ich das je so gesehen hätte, mit dem täglichen Neubeginn und so weiter, fand ich fürchterlich, hochtrabend und sentimental, und ich beantwortete sie nur mit einem Knurrlaut Marke Ablehnung. Erstaunlicherweise überwand mein Vater seine Gier nach totaler Ruhe (das ist etwas Körperliches, es muß was mit dem Magen zu tun haben: Ich würde gern Medizin studieren, woraus allerdings leider wegen schlechter Noten in den naturwissenschaftlichen Fächern nichts werden wird), mein Vater brachte es also wahrhaftig über sich, den Mund aufzumachen: Anni, hör bitte auf zu reden wie diese positiv eingestellten HIV-Infizierten im Endstadium. Seine Stimme war noch ziemlich unbenutzt, er mußte im Sprechen die Heiserkeit wegräuspern.

Aber es ist doch großartig, wenn Menschen, die dem Tod geweiht sind, dahinterkommen, wie wichtig jeder einzelne Tag ist und daß sie jeden Augenblick jetzt erst bewußt und viel glücklicher als je zuvor erleben. Statt beleidigt zu sein, strich sie endlich den Honig auf ihren Pfannkuchen (solche Sachen kriegt sie wahrhaftig frühmorgens schon runter) und erhoffte sich vom Widerspruch sicher so etwas wie eine richtige schöne Diskussion. Abends hätte ich da gern mitgemacht, morgens wars zum Kotzen. Mein Vater hat sich garantiert nur deshalb eingeschaltet, weil das ein Reizthema für ihn ist. Meine Mutter ist an Krebs gestorben. Viel weiß ich nicht über den verdammten Tumor, er ist tabu, und auch, wie lang das alles gedauert hat, aber sie war gerade erst siebenunddreißig geworden. Er fragte Anni, ob sie allen Ernstes dran glaube, daß jemand in meinem Alter (ich bin ab Oktober siebzehn) beim Aufstehen schon an den Tod denken würde. Oder das tun sollte. Warum nicht? Kampflustig wie sie meinen Vater anglänzte, kam sie mir kindlich vor, man kann sie sich oft als kleines Mädchen vorstellen, das seine Spielsachen verteidigt hat, und wenn es jetzt nicht so früh am Tag gewesen wäre, hätte ich ihr zwar auch nicht beigestanden, denn sie beharrte wirklich auf einer Schnapsidee, aber ich hätte einen Einfall gehabt, um sie zu beeindrukken. Und mein Vater, gewiß noch in Proteststimmung, war einfach zu faul und zu schwach und brachte, auch nicht übel, nur noch heraus: Denkst du an einen Unfall mit dem Schulbus?

Ich mußte eigentlich nicht lachen, lachte aber, es sollte sich hämisch anhören und klang meckernd, und das alles, weil es mir weh tat, weil ich ganz plötzlich und irrational, denn ich kannte sie ja kaum, aber schlagartig Sehnsucht nach meiner Mutter bekam, vielleicht eine Stellvertretersehnsucht. Vielleicht war es auch nur der Kontrast: Anni, der vollerblühte Morgenmensch, machte meinen Vater geradezu kränklich, er sah gläsern aus. Er sah wie eine abgeschaltete Glühbirne aus. Ich hatte definitiv genug, und zwar vom gesamten Szenario, und zum Glück auch keine Zeit mehr, was ein bißchen geschwindelt war, denn ich sagte, ich müßte meine Mappe noch packen, aber die war gepackt, und vorsichtshalber ein paar spanische Vokabeln pauken, es läge der Verdacht auf eine Klausur in der Luft, doch die Klausur war bereits geschrieben. Ich brauchte das Alleinsein in meinem Zimmer. Rauchen können hätte ich auch unten, mein Vater hat es nicht gerade gern, er meint, ich wäre noch zu jung, aber er ist nicht der Typ, der sich einmischt, und Anni ist zwar fürs Sicheinmischen, aber total tolerant. Einer der Gründe, sie zu mögen. Toleranz schätze ich außerordentlich, sie hat Seltenheitswert, nicht nur bei Erwachsenen. Mit der Intoleranz machst du schon im Kindergarten Erfahrungen. Das kleine Hickhack um diesen albernen Deutsch-Aufsatz war es nicht, was mich in meine leider zu kurze Isolation trieb. Alleinsein wollte ich wegen dieses komischen Gefühls, das mit meiner Mutter zusammenhing, die ich fast gar nicht gekannt und nur in Klinikzimmern oder Reha-Aufenthaltsräumen und Cafeterien gesehen und deshalb, fürchte ich, überhaupt nicht richtig geliebt habe, nicht so, wie Mütter geliebt werden, ganz von selbst und ohne daß man etwas dazu tun muß. Mit Anni kann ich über Kniffliges und Unangenehmes reden. Damit sage ich nicht, daß mein Vater dafür kein Verständnis hätte, aber ihn will ich schonen. Anni ist nicht nur ein Morgenmensch, sie ist auch ein Abend- und Nachtmensch, ein Naturtalent, wenn man bedenkt, daß sie den ganzen Tag beruflich nichts anderes tut, als Leute mit werweißwas für Problemen zu beraten. Ihr konnte ich auch gestehen, wie es mir damals gegangen war: Zuerst hatte ich keine Lust auf die Besuche, dann Angst davor, und während der Besuche hoffte ich, daß die Zeit bald um wäre. Von all ihrem Elend bekam meine Mutter etwas Knappes, Strenges, immerhin hat sie zum Glück nie geweint. Und da sagte Anni: Es wäre wahrscheinlich leichter für dich gewesen, wenn sie das getan hätte, geweint. Keine Ahnung. Nun ja, viel haben wir nie drüber gesprochen, ehrlich gesagt, ich drücke mich davor, andrerseits … jetzt beschäftigt es mich, ob nicht, wenn schließlich nur noch Mitleid gefühlt wird, dieses verdammte Mitleid die Liebe kleinkriegt. Wie von Motten zerfressen, wie von Mäusen angeknabbert. Irgendwann abends werde ich Anni etwas in der Art sagen. Vielleicht wenn sie ihre schicken Blusen bügelt, neben sich eine Dose Bier, und sie dann *Hol dir auch eine, Schatz*, sagt. Anni ist jemand, dem gegenüber es nicht peinlich wäre, zu bekennen: Ich hab mir damals gewünscht, sie würde nicht so lang herummachen und schneller sterben.

Ich meinte das mit dem täglichen Neubeginn und dem Heute-ist-dein-letzter-Tag-Denken neulich natürlich nicht so banal, nicht dermaßen konkret wie diesen Schulbus-Unfall, den dein Vater aufs Tapet gebracht hat. Anni schnitt eine Salatpackung auf, begann die Blattschnipsel zu untersuchen. Die brauchbaren warf sie in ein rotes Plastiksieb. Es war ein paar Abende nach dem schwer erträglichen Frühstück plus genausoschwer erträglichem Gesprächsstoff. Ich leistete ihr in der Küche Gesellschaft. Das mache ich ganz gern, helfen muß ich nicht, und Anni hat interessante, oft etwas verrückte Essenseinfälle. Manchmal überschätzt sie ihre Qualifikation als Köchin, dann wird sie ganz wuselig und nervös, aber sie bleibt mutig. Heute formte sie aus einem bleichen Teig kleine platte Klopse. Einige waren schon fertig, und die warf sie in eine Pfanne mit viel zuviel zischelndem Öl. Bevor Anni als zweite Frau meines Vaters hier einzog, war die Küche für uns beiden Männer ein Ort der Lagerhaltung, eine Abholstation. Ab und zu hat mein Vater ein Fertiggericht in der Mikrowelle erhitzt.

Das, was ich meine, muß ein Lebensgefühl sein. Es muß in dir verankert sein. Hier, das erste Quarkbällchen. Probier mal. Ich habe diese Packung bei Niedermann gefunden. Vielleicht ists eine Entdeckung. Ohne dieses Gefühl von Neubeginn gibt es kein bewußtes Erleben. So redete Anni vor sich hin, adressiert an mich, aber irgendwie kam es mir so vor, als sähe sie sich vor einem großen, begierig lauschenden Auditorium. Und ich fand sie wieder reichlich pathetisch. Trotzdem nett, fast etwas rührend. Es klang doch alles ziemlich albern und übertrieben. Oder hat dein Vater recht, und du bist wirklich zu jung? Wie schmeckts denn?

Ihm wirds zu fettig sein. Ich meinte meinen Vater. Es schmeckt gut.

Bist du zu jung?

Keine Ahnung. Aber ich glaub nicht, daß ich so begeistert vom Leben bin wie du, sagte ich.

Oh! machte Anni. Sie wirkte leider nicht schockiert. Mehr zerstreut. Meinst du, ich sollte für deinen Vater Kartoffeln machen?

Halte ich für eine gute Idee. Sicher ist sicher.

Wie heißt euer Thema noch mal genau?

Die Kunst des Beginnens. Und dazu gibt es zwei Aussagen, die eine ist von Goethe, die andere ein Sprichwort.

Stimmt! Anni war wieder voll bei der Sache. Bei Goethe ist aller Anfang leicht, im Sprichwort ist er schwer. Könntest du ausnahmsweise ein bißchen helfen? Den Salat waschen, ist das okay? Du erinnerst dich doch an diesen Apfelkuchen, den ich neulich gemacht habe. Ihr habt ihn wunderbar gefunden, und ich dachte, ich könnte noch schnell einen backen.

Wir sollen rausfinden, wer recht hat, Goethe oder das Sprichwort. So ungefähr. Ich ließ den auf Brause eingestellten Wasserstrahl über die Salatschnipsel im Sieb laufen. Das einzige, was an Annis Apfelkuchen das Prädikat *wunderbar* verdiente, war der Einfall, dieser Schwung in letzter Minute. Als mein Vater nach Haus und in die Küche kam, verfügte sie inmitten all der Konfusion auf dem Herd und auf dem Küchentisch noch über die Energie, ihn fröhlich anzulachen. Sie streifte sich Mehl von den Unterarmen und erklärte, sie und ich, wir würden über Tod und Leben und Goethe und ob aller Anfang schwer oder leicht sei diskutieren.

Das Ende wird schwierig, oder? Mein Vater, von Annis guter Laune angesteckt, drehte den Kopf schräg nach rechts ins Zentrum der unordentlichen Vorbereitungen.

Nicht, wenn du Lust hast, diesen Apfel zu schälen und in Scheiben zu schneiden, sagte Anni. Aber da fiel meinem Vater ein, daß er Kopfweh hatte. Als er sich davonmachen wollte, hielt Anni ihn zurück: Hier irgendwo muß Aspirin sein, wart mal. Sie kramte in der Schublade mit dem Besteck herum, doch er sagte, im Bad fände er sicher was, aber kaum hatte er sich abgewandt, da rief Anni: Halt! Hier hab ichs. Es war komischerweise im Gemüsekorb. (Mit so etwas wie Aspirin beim Gemüse kann sie mich wirklich begeistern, immer vorausgesetzt, es ist nicht beim Frühstück, dieser Mahlzeit, die, sobald ich nur kann, aus meinem Lebensprogramm gestrichen wird. Übrigens sollte man denken, bei jemandem wie Anni, die so viel Sinn für Murks und Kraut-und-Rüben-Durcheinander hat, müßte ich mir die Frühstücksamnestie längst erworben haben. Habs versucht. Sie hat jedesmal gesagt: Tut mir schrecklich leid für dich, aber ich habe die Fürsorgepflicht. Gut, beziehungsweise schlecht: Der Morgenmensch Anni bleibt für mich ungenießbar.)

Sie hatte einen Streifen Aspirin-Brausetabletten gefunden, schnitt zwei Tabletten für meinen Vater ab und puhlte dann die breiten Dinger heraus.

Mein Vater fragte: Habt ihr wenigstens Bier im Kühlschrank? Eine rhetorische Frage, denn schon hatte er eine Dose in der Hand, warf seine Brausetabletten in ein Wasserglas und goß das Bier drauf, und Anni machte *Ihhh!*, aber dann blickte sie mit rundem Kinderausdruck auf mich und fragte: Warum machen wir uns nicht auch so einen

Inspirationsdrink? Ich sagte ja schon, sie ist tolerant. Das Aspirin-Bier schmeckte ein bißchen säuerlich, ähnlich wie Weizenbier, und tat mir vom ersten Schluck an verdammt gut. Du willst also, daß ich bei der Kunst des Beginnens an den Tod denke. Ich finds übrigens affig: Kunst des Beginnens. Ich redete jetzt einfach drauflos, es war anscheinend wirklich ein Inspirationsdrink. Mein Vater hatte sich aus dem Staub gemacht. Konnte ich verstehen, dieses Apfelschälen verlockte mich auch nicht. Trotzdem übernahm ich es, damit heute noch das Essen fertig würde, hauptsächlich aber, weil ich mit Anni zusammensein wollte. Die war sich inzwischen nicht länger sicher, ob diese Idee mit dem Tod als leichter oder schwerer Anfang und Kunst des Beginnens im Sinn unserer Lehrerin wäre. Wahrscheinlich hatte sie doch mehr so etwas wie Lernprozesse gemeint, du fängst mit Tennis an oder Skifahren ... oder einer ersten Klavierstunde ... Oder denkst dich in einen Künstler hinein, den Maler vor der Staffelei, vor der unbemalten Leinwand, den Dichter, den es vor dem leeren weißen Papier schaudert ...

Ich finde das mit dem Tod besser, sagte ich. Plötzlich dachte ich nämlich: Darauf wird sonst keiner kommen. Es wird das Originellste sein.

Also gut. Anni kippte die Quarkbällchen in eine Schüssel, und obwohl sie einen Deckel fand, würden die Dinger kalt sein, bis sie mit allem andern fertig wäre und wir am Tisch säßen. Wieder bewunderte ich ihre Stahlseilnerven. Ihre Geduld. Eingebettet in so viel Temperament, so viel Geduld, höchst sonderbar. Anni ist mir total unähnlich. Wie beim Anschauen eines Films auf Video, wenn mein Vater den Werbeblock rascher durchlaufen läßt, erhaschte ich einen Sekundenblick auf meine Mutter, dunkel und in ihrem Rollstuhl gekrümmt. Es hatte überhaupt keinen Zusammenhang mit diesen bunten Küchenaugenblicken. Oder es war die winzige Einblendung *Tod*. Ich sagte: Wenn du jeden Morgen beim Aufwachen denkst, das ist mein letzter Tag, denkst du dann auch: Heute sterbe ich? Heute noch?

Anni sagte etwas unsicher, ganz so wäre es vielleicht doch nicht. Sie muß sehr oft ihre Haare links und rechts hinter die Ohren streichen, und ihr Gesicht bekam dabei etwas Mehl ab. Aber ähnlich.

Und bedeutet das, du hast keine Angst mehr vorm Sterben?

Jede Kreatur hat Angst vorm Sterben, rief Anni, die den Kuchenteig in einer runden Backform plattdrückte. Mehr vorm Sterben als vor dem Tod. Also gut, nimm Sterben. Sterben ist ein Anfang. Nimm deine Mutter, und denk dran, wie sie es geschafft hat, mit Bravour. Anni preßte meine unförmigen Apfelschnitze in den Teig.

Immer, wenn es von irgendwoher plötzlich heraufgeschwemmt wird, versuche ich, das Bild vom Tag vor der Nacht, in der meine Mutter starb, wegzuwischen. Ich erkenne darauf nichts von Bravour, sie lag mit seitlich gedrehtem kleinem Kopf in ihrem altmodischen Bett, und so japsend, wie sie atmete, erinnerte sie mich an ein armes Suppenhühnchen. Weil meine Mutter krank war, stimmte etwas nicht mehr mit meiner Liebe zu ihr, und als sie endlich tot war, stimmte wieder alles. Es sieht so aus, als käme ich, wenn es um die Liebe geht, mit den Toten besser aus als mit denen, die leben. Sie ist jetzt erlöst, hatte mein Vater gesagt, um mich zu trösten, was ja, wie erwähnt, nicht nötig war, und ich habe gedacht: Ich auch. Ich bin jetzt auch erlöst. Spricht alles dafür, daß ich ein Problem mit dem Mitleid habe.

Den Rest erzähle ich in Zeitraffer: Das Abendessen wurde schließlich fertig, und als mein Vater wie erwartet die Quarkbällchen als zu fettig bemäkelte, fielen Anni die Kartoffeln ein. Schneller Hinweg Küche, langsame Rückkehr; bei der Mitteilung, sie hätte vergessen, die Kartoffeln aufzusetzen, aber sie wären in zwanzig Minuten fertig, sah sie wieder wie ein Kind aus, und sie erklärte, um von den Kartoffeln abzulenken, für Gläubige stehe sowieso fest, daß das bessere Leben erst jenseits der *Todespforte* beginne. Anni ist katholisch, wie gläubig, weiß ich nicht. Todespforte kam vor, bestimmt, ich speicherte dieses Wort für meinen Aufsatz, obwohl es etwas affektiert war – o lieber Himmel, mit diesem Aufsatz müßte ich auch eine »Kunst des Beginnens« hinkriegen. Mein Vater wollte nichts, kein Komma und kein Ausrufezeichen, von Annis Predigt hören, angeblich. Er spielte den Kaltblütigen, denn vermutlich tat ihm das mit dem besseren Leben hinter der Todespforte gut, und er dachte an meine Mutter.

Als Anni mir riet, mir eine Liste von allem, was ich nicht leiden kann, zu machen, und mit der Schule und dem Deutsch-Leistungskurs und diesem Aufsatz anzufangen, habe ich etwas gehässig geantwortet: Ich fange mit dem verdammten Frühstück an. Wenn du schon Lust hast, zu essen und zu reden, und ich nicht. Auch diesmal war Anni nicht gekränkt, sie hat gelacht, aber mit meinem Aufsatz kam ich nach dem ersten triumphalen Satz über die Vorfreude auf den Tod als wichtigste Kunst des Beginnens nicht weiter.

Ein paar Tage später kehrte Anni mit hohem Fieber von einer Dienstreise zurück. Bei irgendeinem Psychologie-Symposium hatte sie auf dem Podium diskutiert und sich bei einem Kollegen angesteckt. Zu einer Rippenfellentzündung kam eine Lungenentzündung, und als sie einmal aufs WC mußte, ist sie vor Schwäche umgekippt und auf dem Teppich ausgerutscht. Solche Katastrophen würden immer samstags oder sonntags passieren, klagte mein Vater, aber es hatte auch sein Gutes, denn an einem Werktag wäre keiner dagewesen, um Anni wieder ins Bett zu schaffen und den Notarzt anzurufen. Es stand nicht gut um sie, so kläglich hatte ich sie noch nie erlebt, sie jammerte und schimpfte, weil der Bereitschaftsarzt vom Notdienst auf sich warten ließ. Dauernd hatte sie Appetit auf sehr starken Kaffee, und als ich ihr einen brachte, grinste ich sie an (sie sah übrigens gesund aus, noch gesünder als sonst) und sagte: Genieß deinen Kaffee, und dann das mit dem letzten Tag.

Sie glaubte, daß er das war, ihr letzter Tag. Ich hab mich geirrt, hat sie gesagt und mich wieder an ein Kind erinnert. Ich bin jetzt bloß böse auf diesen verfluchten Arzt. Aber der Kaffee ist ultimativ. Und endlich hat auch sie eine Grimasse geschnitten, sollte Lächeln sein. Wenn man bedenkt, daß sie vorher nur wirres Fieberzeug geredet und keinen von uns so angesehen hat, als würde sie ihn erkennen, ist das schon bemerkenswert, ich meine, ihr plötzlich klares Reden. Darauf bin ich wirklich stolz, und auf das, was ein Lächeln werden sollte.

Anni ist Mitte April wieder gesund geworden. Den Aufsatz habe ich übrigens dann über Ballonfahrer geschrieben und keinen Orden dafür bekommen.

When in Rome

Gegen sechs waren es immer noch über dreißig Grad unter dem Holzdach auf der Vorderveranda, und die Schwüle in dem waldigen Garten war zwischen den einzeln stehenden Kiefern zu einem Nebel verdickt, und es sah gut aus. An den Harvey Wallbangers lag es nicht, außerdem trank sie ihren zweiten schon ohne Wodka, daß Alberta mit ihrer Reise angab. Bei ihr ist Angeberei immer irgendwie nüchtern, sie streut ein paar Bescheidenheiten hinein, und monoton klingt sie sowieso. So hatte sie diesmal gleich am Anfang erklärt, unter allen dort oben in der Prairie von Wyoming möglichen Jagdarten hätte die Antilopenjagd das geringste Prestige. Trotzdem, ziemlich prahlerisch und auch typisch lehrerinnenhaft fand ich schon, was sie uns als ihr Motto für die Fremde in fernen Gebieten anpries: »When in Rome, do as the Romans do.« Na schön, ich weiß, was gemeint ist, aber muß ich in China Katzen essen? Und jagt etwa jeder in Laramie Antilopen oder überhaupt was? Übrigens reist Alberta niemals als Touristin, sie macht Austauschsemester, in Sabbaticals Jobs für irgendwelche Stiftungen, Institute. Dabei lernt sie Land und Leute kennen, und zwar gemäß ihrem Motto, und weil sie anscheinend überall auf dem Globus Freunde hat, tut sie, was die tun. Und ihre Leute in Laramie, Ron und Prude Webster, jagen nun einmal Antilopen.

Es gibt verschiedene Methoden, diesen Jagdsport zu erleben, erzählte Alberta, die sich schon wieder eine Zigarette anzündete. Sie raucht mehr als wir alle zusammen, und ich hatte sie vorhin gefragt, wie sie während der Jagd ohne Nikotin zurechtkäme, und sie hat, paßt auch wieder zu ihr, ganz trocken erklärt: Wenn der Fall klar ist und ich weiß, du kannst hier und jetzt nicht rauchen, dann ist das eben ein klarer Fall, und ich rauche nicht. Im Flugzeug wäre es schwieriger, aber eine Sache wie die Jagd erfordere Konzentration und Disziplin, dabei hätte sie dann fast kein Problem und so weiter. Sie ist wirklich extrem beherrscht, sie kommt mir masochistisch vor, weil sie es sich jeweils schrecklich unbequem macht, sie ist extrem anspruchslos, sie ist extrem anders als ich. Sie eignet sich für ihr strenges Leben, sie sieht sogar danach aus: Alles ist unaufwendig und praktisch wie die kurze mittelblonde Frisur, sie ist dünn, sie braucht nicht viel zum Anziehen.

Die Non-Natives, unter ihnen oft Touristen, nehmen sich Outfitters. Das sind mehr oder weniger erfahrene Jäger, die ein Geschäft daraus machen, diese Non-Residents und andere Leute anzuleiten, und das fängt bei der Ausrüstung an. Alberta sagte, daß sie wegen Ron und Prude keine Outfitters gebraucht hätte, und deren Sohn Nick, der mit erst fünfzehn schon ein sehr guter Schütze sei, kam auch mit. Aber noch mal, die Antilopenjagd ist die leichteste, Elk- und Moose-Jäger lächeln nur darüber. Elk, das sind die Wapiti-Hirsche, und Moose die Elche.

Margret sagte, ein ganz so guter Schütze könnte Nick ja wohl doch nicht sein, nach allem, aber Alberta, typisch Alberta, immer gerecht, sagte bloß: Für fünfzehn ist er prima. Und daß sie ihm nicht das Wasser reichen könnte oder so was Ähnliches.

Alberta wird nächstes Jahr wieder in Laramie unterrichten, aber erstens würde es diesmal ein Wintersemester sein, und die Vorbereitungen zur Jagd beginnen im Juni, wenn man beim staatlichen »Game & Fish«-Department einen Jagdschein besorgen muß, und zweitens würde sie nicht mehr jagen. Am Hinkebein liegt es nicht, sagte sie, es sind die Antilopen, die mir am Herzen liegen. Sie sind so wunderschön, und nach der jahrelangen Trockenheit schlagen sie sich mühsam mit der Nahrungssuche herum, viele verenden.

Alberta bettete ihr linkes Bein ein bißchen um, aber es nützte anscheinend nichts, denn sie brachte es in die alte Position. Das Bein lagerte auf einem Gartenstuhl vor ihrem Gartenstuhl, wir anderen hatten Rattan-Sessel mit Kissen, doch Alberta fand es besser, hart zu sitzen. Sie betastete wieder den Gips, als würde das zu irgendwas gut sein, drückte dagegen, genauso nutzlos. Nein, obwohl auch das Bein gebrochen ist, kaum Schmerzen: Wir hatten uns danach erkundigt. Aber die Hitze unter dem Verband? Auch erträglich. So ist Alberta. Leicht hinken wird sie von nun an, aber weil das als Unfallfolge konsequent ist, macht sie kein Drama daraus. Sie denkt logisch, und hätte es nicht schlimmer ausgehen können?

»Game & Fish« schicken mit dem Jagdschein noch eine Karte von Wyoming, auf der alle öffentlichen Jagdgebiete für die entsprechende Tiergattung eingetragen sind. Ron und Prudence hatten natürlich bereits Erfahrung mit dem Gebiet, in dem man die besten Chancen hat. Oder zu haben glaubt, denn das kann variieren, beim Wild weißt du nie hundertprozentig, woran du bist. Das erste Mal waren wir knapp hundert Meilen unterwegs, und dort war nicht viel los, und am Wochenende darauf fuhren wir in ein Gebiet, das über zweihundert Meilen entfernt war, in der Red Desert südlich und nördlich vom Interstate Highway 180, Ost-West-Richtung. Ich hatte gehofft, ebenfalls einen Jagdschein für dieses Gebiet zu gewinnen, es ist nämlich eine Art Lotterie-Prozedur. Der Jagdschein entscheidet auch darüber, ob du einen Bock oder ein Doe, das sind die weiblichen Tiere, schießen darfst, oder vielleicht beides, was ich wollte, Ron und Pru haben den auch, für Anfänger sind beide leichter, dachte ich, geht schneller, na ja, die Praxis sieht anders aus, aber egal, es klappte, und ich hatte, was ich wollte.

Wenn wir Alberta nicht so gut gekannt hätten, wären wir aus dem Staunen nicht herausgekommen. Uns reizte das alles nicht, keinen: Herbert macht sich überhaupt nichts aus Sport, bis auf Jogging, aber aus Vernunft, und Walter geht höchstens mit Freunden angeln. Jemand schlug vor, auf Bloody Mary umzusteigen: wegen der Gewürze. Gewürze wären gut bei der Hitze. Die Männer wollten Bier. Um Albertas Bein zu schonen, bedienten wir uns selber in der Küche. Überall knackte Holz, im Haus, auf der Veranda, es knarzten die Stufen hinunter in Albertas Waldgärtchen, aus dem auch Holzgeräusche kamen, vielleicht änderte sich die Temperatur, obwohl wir schwitzten wie vorher, oder die Luftfeuchtigkeit. Und der Blick war jetzt vernebelt, als hingen Schleier herum, aber von Westen her drang Licht in das Gehege, und die Kiefernstämme sahen rot aus. Alberta hat Glück mit ihren Nachbarn, die auch keine Bäume fällen, die einzelnen Parzellen sind nicht besonders groß, aber die Gegend wirkt wie unbewohnt. Ich finde, sie könnte überall sein, bloß nicht hier, schwer zu sagen, was ich damit meine. Ich meine, sie hat so etwas von internationaler Gegend.

Zu den Vorbereitungen gehört das Einschießen. Du gehst als braver Bürger mit deinem Jagdgewehr auf den öffentlichen Schießplatz außerhalb der Stadt und fokussierst das Gewehr, bis es wirklich zielsicher funktioniert. Und dann kommt endlich die Jagdsaison, für jedes Jagdgebiet gibt es andere Termine, auch für jede Tierart. Die Antilopen-Saison beginnt am Labor Day, dem ersten Wochenende im September, genau bevor die Schulen wieder anfangen. Am besten geht man am ersten Tag der offenen Saison, weil dann die Tiere noch nicht gun-shy sind, jagdscheu. Alberta gab so was wie ein Ziegenmeckern von sich, lächelte auch, denn wir hatten mit Seufzern Mitleid bekundet, und ich hatte *die armen Viecher* gesagt und gewußt, Alberta wäre dadurch weder beleidigt noch zu rühren. Sie findet sich als Jägerin nicht brutal, läßt es ja für die Zukunft auch bloß bleiben, weil der Bestand sich reduziert hat. Ich als einzige hörte ihr nicht zum ersten Mal zu. Was sie am Jagen reizt, ist mir so fremd wie alles übrige, das heißt, wie es jeder andere Grund dafür auch gewesen wäre: Es ist das Ausweiden. Dabei genießt sie die Schönheit der inneren Tierkonstruktion oder so ähnlich.

Das Gesetz verlangt eine grell orangefarbene Kleidung, damit man als Jäger deutlich identifizierbar ist. Um Unfälle zu vermeiden, damit Jäger nicht für Wild gehalten werden, ihr wißt schon.

Und du warst auch grell orange, und trotzdem …? Walter, der uns Pizza besorgen wollte, blieb noch einmal stehen.

Bei mir bitte keine Sardellen, rief Irma, und Alberta sagte: Irgendwas danebengehen kann immer. Ich hatte ein orangefarbenes Leibchen und, bevor es zu heiß wurde, eine ebensolche Jacke drüber und noch einen Hut, auch orange. Am Tag zuvor hatten wir alles zusammengestellt, was man so braucht: natürlich ein scharfes Jagdmesser, dann einen netzartigen Stoff, in den der Kadaver gewickelt und in dem er transportiert werden kann, den Jagdschein darf man nicht vergessen und ein Stückchen Schnur, um ihn anzubinden, ein Stück Holz oder einen Metallpflock, um die Brusthöhle auseinanderzuhalten, und eine Plastiktüte für die Leber, falls man gern Leber ißt, Prude sagte, die wäre das Megabeste, und Ron sagte, nur Ignoranten legten keinen Wert drauf. Wir hatten auch einen guten Vorrat Wasser mit, zum Händewaschen und dergleichen. Ron und Prude nehmen den Jeep für die Jagd, der Jeep ist besser als jeder andere Wagen.

Nein, sagte Alberta, ihr wäre nie die Lust auf diese Unternehmung vergangen oder mulmig gewesen, im Gegenteil. Sie redete von Neugier bis hin zum Jagdfieber, womit ihre Freunde sie angesteckt hätten, aber solche Gefühle sieht man ihr nie an, nachträglich nicht: als Abglanz, wiederbelebte Erinnerung, und an Ort und Stelle hat sie bestimmt genauso ausgesehen, irgendwie leer trotz Lerneifer.

Ich an ihrer Stelle hätte berichtet: Bloß aus Höflichkeit oder dem idiotischen Trieb, andern zu imponieren, habe ich mich auf diese alberne eklige Jagdtour eingelassen. Ich bin mit den beiden vor Anbruch des Tages saumäßig schlecht gelaunt aufgebrochen, es war noch dunkel, und unterwegs mußte ich zu dieser verrückten Zeit in irgendeinem renommierten Highway-Café ein möglichst nahrhaftes Frühstück runterkriegen, und mir war bei jedem Bissen kotzübel.

Mit Alberta aber kann man alles machen, sie ist anpassungsfähig, sie ist wie ein Chamäleon. Nach dem Frühstück vor Tagesanbruch erlebt man bei der Weiterfahrt den Sonnenaufgang, sagte sie, und daß sie sich nah dem Schöpfungswunder gefühlt hätte. Wieder sah sie gewiß so wenig wie an Ort und Stelle nach solcher Erfahrung aus, sie sah eher genußunfähig aus, und so klang sie auch. Diesmal mußte sie ihr Bein wirklich ein bißchen verlagern, und jetzt trank sie eine Coke. In Erwartung unserer Pizza waren wir andern jetzt alle beim Bier, nur Margret hatte sich einen Eistee gemacht. Es wäre sparsamer, den Rest vom Harvey Wallbanger einfach mit Soda zu verdünnen, sagte Alberta, die Harvey Wallbangers erwärmten sich in der Bowle aus bläulichem geschliffenem Kristallglas, aber niemand kümmerte sich darum. Es war Albertas Party. Lust, nach der sie auch nicht aussieht, hat sie, wenn sie von Reisen kommt, auf Freunde, aufs Erzählen. Jedesmal machen ziemlich schlechte Photos dabei die Runde. Die Personen darauf sind immer viel zu klein. Und sämtliche Landschaften hat man längst im Fernsehen besser gesehen. Ich gab gerade ein Photo an Herbert weiter: Alberta winzig vor ihrer winzigen Jagdbeute, gegen den Jeep gelehnt und von der Sonne geblendet. Von einem zum andern wanderte auch die Autan-Flasche, wir rieben uns immer wieder neu gegen die seltsamen minimalen Insekten ein, schwarze Pünktchen, die in der Waldschwüle zuckten. Es roch süßlich und nach Holz, bis Walter mit den Pizzakartons zurückkehrte, und von da an roch es wie in einer heißen Küche. Wir aßen die Pizza aus den Kartons.

Schließlich sind wir von der Hauptstraße abgebogen. Ron fuhr langsam auf den Sandwegen durch die Prairie-Landschaft und hielt sorgfältig Ausschau. Übrigens bin ich bei unserer zweiten Tour in meinem Leihwagen hinter ihnen hergefahren, einem alten Buick, und in einen andern Sandweg eingebogen und habe als erste eine Gruppe von Antilopen entdeckt, und um mich mit den beiden zu verständigen, blendete ich auf, mit Hupen hätte ich die Tiere verscheucht, es ist sowieso jedesmal eine Herausforderung, ihnen auf befahrbarem Untergrund näherzukommen. Das Gesetz verbietet es, direkt vom Fahrzeug oder der Fahrbahn aus zu schießen. Also steigt man aus und pirscht sich an die Tiere heran. Wenn sie einen erblicken oder wittern, hast du schon verloren, in höchster Geschwindigkeit sind sie weg. Nur, der Kenner weiß, daß sie bloß einen großen Bogen schlagen und auf ihr voriges Weidegebiet zurückkehren. Rons Freund Malcolm behauptet, die beste Art, ein Tier in Schußweite zu bekommen, ist, sich auf einen Stuhl oder sonstwas in der Sonne zu setzen und einfach zu warten. Du hast verschiedene Möglichkeiten, ein Tier zu erlegen. Der sicherste Treffer gelingt aus der nächstmöglichen Nähe, aber ich traute mir nicht zu, mich so geschickt heranzupirschen. I tried a long shot, Pru auch, nur Ron schlich sich an, und Nick kroch tatsächlich auf dem Bauch. Der long shot ist natürlich nicht so sicher. Es ist der spannendste Teil der Jagd. Man soll möglichst in den Hals schießen, hatte Ron mir gesagt, dann stirbt das Tier sofort, und Prudence ergänzte, man ruiniert das bessere Fleisch nicht, wenn man in den Hals schießt. Pru ist eine wunderbare Köchin, im Unterschied zu mir.

Wir alle wissen, wie spartanisch Alberta lebt. Von Suppen, die beispielsweise *Schnelle Tasse* heißen, von nassen Salaten, langweiligem Obst. Überflüssig zu fragen: Hattest du denn etwa vor, dein Opfer auch noch zu essen? Alberta, when in Rome, does as the Romans do. Jäger essen ihre Jagdbeute. Weil sie A sagt, sagt sie auch B. Ich glaube nicht, daß sie ihre Trophäe mit weniger Gleichmut verspeiste als jetzt ihre Pizza.

Angenommen, man hat seine Beute getroffen und gut getroffen, so geht man in die Richtung, wo dies geschah, und sucht seine Beute, berichtete sie weiter.

Du schilderst die verwegensten Abenteuer wie einen Schulaufsatz. Warst du denn überhaupt nicht aufgeregt? Alles war doch für dich Neuland und irgendwie sensationell, aber es hört sich an, als hätte das jemand anderer erlebt, als kennst du es vom Hörensagen oder so.

Oh, ich war aufgeregt, selbst noch beim zweiten Mal. Alberta lachte wieder ihr hustenartiges kurzes Ziegenlachen. Unwillkürlich griff sie nach ihrem Gipsbein. Und beide Male hatte ich Erfolg, und alle lobten mich, mein Tier war verendet, aber es blickte noch in den fahlen Himmel, und seine Augen waren wunderschön mit großer dunkler Pupille. Jetzt stehst du vor der Wahl, entweder das Tier bis zum Jeep zu transportieren, beim zweiten Mal wäre das mein Buick gewesen, oder, und das ist einfacher, und Ron meinte, gesetzlich auch korrekt, mit dem Auto nah ans Tier heranzufahren. Beim zweiten Mal hat das Nick für mich getan, weil ich es nicht mehr konnte.

War er denn nicht in Panik? Oder wenigstens schuldbewußt, hat er sich geschämt?

Es kann immer was passieren, trotz Schutzkleidung und allem, ich habs vorhin gesagt, und die besten Schützen, und Nick ist einer, haben auch mal Pech. Ich muß wohl eine von ihm unerwartete Bewegung gemacht haben, und weil er bei meinem long shot nicht sicher war, wollte er das Tier definitiv erledigen, und dabei hat er mein Bein erwischt. Schmerzen hatte ich komischerweise erst Minuten später, ziemlich viele Minuten später, und nur weil Blut floß, merkte ich, daß etwas nicht stimmte. Aber ihr kennt ja diese Geschichte. Und ich war stolz auf meine Freunde, weil sie ihren Sohn nicht mit Schimpfen und Vorwürfen beleidigten, wir alle behandelten uns wie richtige Jäger, die wissen, worauf sie sich einlassen.

Wenn du Glück hast und in einem Augenblick noch Alberta verstehen kannst, dann hast du garantiert im nächsten Augenblick schon wieder Pech und wirst nicht schlau aus ihr. Daß sie, als sie von ihrem Unfall anfing, mitten beim Pizza-Essen eine Zigarette brauchte und hastig inhalierte, hatte ich gut verstanden. Von dem, was sie dann strohtrocken erklärte, verstand ich kein Wort mehr.

Das Schönste an der Jägerei ist nun mal die Arbeit an der Beute. Alberta zerdrückte die Zigarette in einer ausgesaugten Artischocke. Und noch draußen im Jagdgebiet kommt als erstes das Enthäuten. Es ist eine Kenner-Kunst. Nick ist der Beste auch darin, er wies mich an, und ich schnitt das Fell von der unteren Bauchgegend her auf und trennte es nach beiden Seiten hin vom Leib. Habe ich die kleine Säge erwähnt, die man mitbringen muß? Mit der sägt man den Kopf ab, und Nick wollte mir das abnehmen, aber ich …

When in Rome, do as the Romans do, sagte ich.

Ich fands nicht schwierig, ich meine: mental, denn zum einen bist du auf die Arbeit konzentriert, zum andern … über die schönen ernsthaften Augen hatte ich die Lider gezogen, und dies war einfach eine tote, immer noch aber wunderschöne Antilope, ein Kunstwerk.

Immer mit Freunden, die alle so ähnlich sein werden und heißen wie Ron, Pru, Nick, hat Alberta im Baxton River Nuggets gewaschen und gesiebt, stundenlang in der

Sonne von Oregon, Thunfisch harpuniert im mexikanischen Pazifik, sie lernte Eisfischen an den Ufern der Twinings irgendwo im kanadischen Westen, und mit Alaska, Öl und Walfleisch muß auch etwas gewesen sein, und doch blieb sie die emsige Schreibtischfrau, die Vergleichende Literaturwissenschaften lehrt und sich in der Forschung durch eine lange Liste von Publikationen ruhmreich in Fachkreisen hervortun kann. Auf kein einziges Abenteuer läßt ihr Erscheinungsbild, ihr öffentliches Auftreten schließen, auf kein Doppelleben, denn das ist es, das sie führt.

Die Eingeweide läßt man an Ort und Stelle liegen. Bis auf die Leber, wie gesagt, Liebhaber nehmen die Leber unbedingt mit. Das Ausweiden hat mir vom ersten Schnitt an am besten gefallen, gefallen ist nicht das Wort, es hat mir imponiert. Ich bewunderte mein Tier. Wirklich, es ist Bewunderung für das Werk der Natur, mit wieviel Perfektion die einzelnen Organe in den Körperraum eingebettet sind und funktionell zusammenspielen können! Albertas Stimme gab noch immer nichts von ihrem Enthusiasmus wieder, auch ihr kleines Büchermilbengesicht nichts. Das Innere der Antilopen riecht stark nach sagebrush, es ist ihr Hauptnahrungsmittel, es ist ein guter Geruch. Inzwischen war die Sonne schon weit über den Horizont gestiegen, und uns wurde es heiß bei der Arbeit. Einer half dem andern, als wir unsere Beutetiere in den Jeep hoben, vorher hatte Ron ihnen den Jagdschein an sichtbarer Stelle angebunden. Wir haben uns das Blut von den Händen gewaschen und etwas Wasser getrunken und sind dann, einigermaßen befriedigt von der geleisteten Arbeit, auf den Highway zurückgefahren und haben in irgendeinem *Food* zu Mittag gegessen. Beim zweiten Mal nicht, da mußte mich Pru im Buick sofort in die nächste Ambulanz fahren.

Einigermaßen befriedigt: paßt auch wieder zu Alberta. Zwar hatte sie, bestimmt ein Hochgefühl, das Kunstwerk der Anatomie soeben erlebt, und es war ihr erstes Beutetier auf ihrer ersten Jagd, aber sie sagte sich: Es ist erlernbar. Es war nicht zu schwierig. Andere können das auch, und andere, das sind nicht wenige.

Zu Haus haben wir uns sofort drangemacht, unsere Tiere zum Lüften und Abkühlen aufzuhängen. Da hingen dann die Antilopen in der Garage, Ron und Pru haben keinen Schober oder so etwas, und auch keine Rollen, an denen man die Tiere in die Höhe ziehen könnte, und es war Schwerarbeit, wir alle mußten anpacken, und ich begriff, warum wir uns, dreckig und verschwitzt, wie wir waren, nicht als erstes zu Haus geduscht und umgezogen hatten. Zwei Tage, sogar oft noch länger, sollte das Tier abtrocknen. Und dann kommt die Weiterverwertung.

Die Dämmerung drang ins Wäldchen ein, neblig war es immer noch, und die zwei Windlichter auf der Vorderveranda zuckten nicht mal in der stillstehenden Schwüle. Aber die Feuerspinnen würden wieder anrücken, Alberta warnte uns. Wir räumten die Pizzakartons weg, ihr Küchengeruch blieb in der näßlichen Luft stehen, gleichzeitig roch es nach Kaffee, den Irma gemacht hatte, und es gab Brandy.

Mach weiter, Alberta!

Pru machte mir zwei Angebote, sie stellte mich vor die Wahl, indem sie sagte: Die meisten, die nur mal als Hobby jagen, geben ihr Tier in eine Schlachterei, und das können wir diesmal auch tun. Oder, wenn du das interessanter findest, wir machen alles selber. Es ist nicht viel dran an einer Antilope, und Ron und ich, wir verarbeiten das bißchen Fleisch selber, aus Spaß und weil der Aufwand mit der professionellen Schlachterei zu groß ist, ich meine, ziemlich teuer. Und Ron sagte: Professionell sind wir auch, und lachte, und Nick meinte, daß er Spezialist ist fürs Hackfleisch. Sie machen Würste und kleine Steaks und Filetstücke. Es wäre zwar mühsam und zeitraubend, sagte Pru, aber sie fänden ihr Resultat viel besser als das aus der Schlachterei. Das Fleisch wird nicht mit fremdem ungesundem Fett vermischt, und Pru schneidet es genau so zu, wie sie es haben will, und eine Mahlzeit habe sogar ich gekocht, und alle waren begeistert: gutes fettfreies Gulasch. Die Steakstückchen sind auch vorzüglich, aber der Clou sind die zarten Filetstücke, ich sah Pru beim Herausschneiden aus den beiden Seiten des wunderschönen Rückgrats zu, sie machte es in Schmetterlingsform. Viele mögen Antilopenfleisch nicht, sie behaupten, es hätte einen Beigeschmack. Das liegt aber dann am falschen Verarbeiten. Pru ist sehr sachkundig, Ron übrigens auch, und Nick sorgt dafür, daß keine Fellhaare mehr auf dem Fleisch haften. Sie haben viele Sehnen, diese wunderbaren Geschöpfe, und ich lernte, wie man sie sorgfältig heraustrennt. Alles das ist endlose Kleinarbeit, und es ist dumm für Ron und Prudence, daß der Beginn der Jagdsaison mit dem des Herbstsemesters zusammenfällt, und auch ich mußte mich allmählich an die Sklavenarbeit für die Uni machen. Trotzdem, und wir hatten bis in die Nacht hinein in der Küche zu tun, der Aufwand hat sich gelohnt. Ich möchte keine Minute missen. Es bleibt eine wichtige Erinnerung, eine gute Erfahrung, ich habe eine Menge über die Natur dabei gelernt und werde es nicht vergessen.

Schon wegen dem Bein. Ich weiß nicht mehr, wer das gesagt hat. Keiner von uns fand das taktlos, denn Alberta würde es sachlich nehmen.

Das ist es nicht, sagte sie, nicht deswegen. Man kennt das Risiko. Wer es fürchtet, sollte die Finger davon lassen. Und: Daß sie beim nächsten Laramie-Besuch, irgendeinem, der in die Jagdsaison falle, wieder mitten in der Nacht, aber diesmal bloß zur Gesellschaft und ohne Waffe, in die Prairie aufbrechen würde. Ihre Freunde dächten genauso wie sie und seien viel zu besorgt um den ausgedünnten Bestand, um je wieder auch nur eine einzige Antilope zu erlegen. Und für die zwei, eigentlich auch für den jungen Nick, ist das viel schmerzlicher als für mich, weil sie so viel investiert haben. Und jetzt gewiefte Jäger sind. Nein nein, das Bein ist nicht das Handicap. Schon weil für mich der Hauptreiz das Ausweiden war, und daran würde das Bein mich ja nicht hindern.

Die bläuliche Dämmerung dunkelte, die Kiefernkronen waren schwarz, der Waldgarten sah stockfleckig aus und verströmte eine feuchte Kühle, die nach Nadeln und Holz roch, aber am Verandageländer, über das Margret und ich uns gebeugt hatten, machte sie halt. Und: Halt! Laß das! rief jetzt auch Alberta. Sie klang plötzlich nach der Leidenschaft, die ihrer schulstundenmäßigen Nacherzählung gefehlt hatte, und sie meinte Pia. Die senkte in Mordabsicht und Zeitlupe eine dreifach gefaltete Zeitung Albertas Gipsbein entgegen. Im mattgelblichen Schein des Windlichts erkannte ich auf der weißen Fläche ein winziges schwarzes Lebewesen, das immerhin schlau genug war, nicht weiterzukrabbeln. Und diesmal flüsterte Alberta: Das ist eine. Eine von den Feuerspinnen in diesem Sommer. Laß sie am Leben.

He, Alberta, was ist mit *When in Rome, do as the Romans do*?

Alberta hatte vorhin erzählt, daß die Nachbarn schon über Vernichtungspläne beraten hätten, bisher wären sie mit allem gescheitert, von kochendem Essigwasser bis zu verschiedenen Giften.

Ihr wollt sie doch ausrotten, oder? Schau nur, das kleine Biest auf deinem Gips, wie schlau es ist, es ist schlauer als deine Antilope. Es simuliert seinen Tod. Alles, was sie ist, ist Gehirn. Oder Radar, Instinkt. Ist es deshalb, soll sie nicht sterben, weil sie ein Kunstwerk ist? Ein Naturwunder?

Nein. Alberta klang nicht mehr wie Alberta, sie klang furchtsam.

Ist es, damit es keinen Klecks auf deinem Gips gibt? Ich kann es ohne. Oder falls doch mit, kann ichs wegwischen. Sie ist ja so wenig. Sie ist minimal. Wenn sie Feuerspinne heißt, warum ist sie nicht rot?

Sie ist nur ein Matsch, und als Matsch ist sie rot. Alberta sagte, sie hätte einmal auf dem gepflasterten Weg zum Gartentor eine von ihnen zertreten. Einmal und nie wieder. Sie sind widerlich. Alberta hatte nach Pias Zeitung gegriffen, und mit der fegte sie den winzigen Punkt vom Gips, irgendwohin in die Dunkelheit der Vorderveranda, und daraus ergab sich so etwas wie eine ganz langsame und stumme Flucht ins Haus, ohne daß einer das Signal dazu gegeben hätte. Im Wohnzimmer war es stickig, und mit uns war auch nicht mehr viel los, das Wohnzimmer ist mehr Arbeitszimmer, und von den Sitzplätzen mußten wir Albertas Studiermaterialien wegräumen, sie arbeitete an einer vergleichenden Rezeptionsgeschichte Emerson/Chester, Chester ist ihre Entdeckung, und eines Tages wird man in Fachkreisen die langweilige Epistel rühmen, und wir würden sie nicht richtig lesen, aber loben. Irgendwie war die Luft raus aus unserer Geselligkeit, auch die Drinks kamen uns wie ein Aufguß vor, und ich glaube nicht, daß es auf der Heimfahrt in den beiden andern Autos lebhafter zuging als in meinem, wo uns nicht mehr viel zu Alberta einfiel. Die große Jägerin großer Antilopen fürchtete sich vor allerwinzigsten Tieren. Die Naturbewunderin, die das Ausweiden liebte, empfand Angst und Ekel. Aber ganz verstehen wird man Alberta ja nie können.

Heiraten oder nicht

Mich erinnerts an die Auslagen der Fleischabteilung im SB-Markt, an Sülze und Zungenwurst. Er meinte, nach längerem Brüten, ihre neuste Mosaikarbeit. Die dachte sie sich als Tischplatte, das Gestell dafür hatte sie schon in einer Schlosserei anfertigen lassen.

An eine Fleischauslage? Sie klang entsetzt.

Farblich, zunächst mal einfach farblich, beteuerte er vorsichtig. Er hatte sie nicht beleidigen wollen. Schon um des häuslichen Friedens willen nicht.

Farblich müßte es dich an gemaserten roten Marmor erinnern, es sieht wie Marmor aus, nur interessanter.

Gewiß gewiß. Viel interessanter.

Fleischabteilung, Sülze und wasweißich ... du liegst total daneben. Das ist total banausisch, wirklich. Es wird wundervoll aussehen vor der Couch und zwischen den Sesseln.

Das wird es. Aber er dachte ungern an eine Zukunft mit diesem Tisch, der auf ihn blutrünstig wirkte und verwirrend scheckig. Deshalb beschädigte er seine Nachgiebigkeit ein wenig um die Ergänzung: Mir wird immer das Wasser im Mund zusammenlaufen. Vorausgesetzt, man hat Aufschnitt gern, wird dein Tisch den Appetit anregen.

Ha! Ha! machte sie, wandte sich ab, setzte sich an ihren Schreibtisch und wühlte in Papierhaufen.

Du hast mich um meine Meinung gebeten, sagte er und griff sich die zuoberst liegende Zeitung auf dem harmlosen, bis jetzt noch von ihr geduldeten Couchtisch; der wäre demnächst abgemeldet, doch tröstete ihn, daß dieselbe Unordnung sehr bald auch ihr fleischfarbenes Mosaik zudecken würde.

Der Tisch wird außerdem praktisch sein, sagte sie. Man müßte ihn nie abstauben. Man sieht einfach keinen Staub drauf. Und hier hat ja nie jemand Zeit zum Abstauben.

Dieser Tisch offenbart eine immer größere Vielseitigkeit. Er fand sich etwas zu ironisch, deshalb benutzte er seinen Einfall, die Vielseitigkeit, um sie zu rühmen: Insofern ähnelt er seiner Schöpferin.

Wie meinst du das schon wieder? Erinnere ich an Sülze?

Du bist appetitanregend. Und vielseitig.

Das mußte ihr gefallen. Und ihr gefiel tatsächlich der erste Teil seines Kompliments: Wer wäre nicht gern appetitanregend? Doch der zweite brachte sie ins Grübeln; zwar traf es zu, sie war vielseitig, doch erwies sich das, seit sie ihre Talente ernst nahm, eher als Nachteil. Als deprimierend. Nichts Halbes und nichts Ganzes, beseufzte sie die Lage in Augenblicken des vollen Vertrauens zu ihm, der jetzt verhindern wollte, daß der restliche Tag vom Fatalismus überschattet würde. Von ihren Mosaiken verstand er nichts, ihre blassen Aquarelle gefielen ihm besser, aber es fehlte ihm an Kriterien, um sie zu beurteilen. Sicher war er nur, daß ihre Prosaminiaturen nicht schlecht waren, bestimmt so gut wie andere, wiederum nicht so gut wie bei anderen, wirklich schlecht aber waren ihre Chancen auf dem immer schwierigeren Markt. Er war Leiter der Anzeigenabteilung einer großen Wochenzeitung, von Sprache verstand er was. Ihr zu Kontakten mit dem Feuilleton zu verhelfen war so oft schiefgegangen, daß er es in Übereinstimmung mit ihr aufgegeben hatte. Aber bei der vorletzten Redaktionskonferenz hatte ihm seine Idee, auf der Seite mit den Heiratsannoncen einen Kasten zu plazieren, Titel *Mein Tip*, viel Zustimmung eingebracht, und weil sie beide immer noch nicht herausgefunden hatten, ob es besser wäre, zu heiraten oder nicht zu heiraten, konnte er sie sehr gut dort mit Photo und kurzem witzigem Text einschmuggeln. Namhafte Schriftsteller hatten bereits zugesagt, erste Manuskripte waren eingetroffen, bald würde er die Reihe starten.

Wo du schon am Schreibtisch sitzt, begann er, und sie wußte, wie es weitergehen würde, und unterbrach ihn, einen Unterton der Bitterkeit noch durch die Kränkung überhörte er nicht: Ja ja ja, noch heute kriegst du ihn, meinen Tip. Ich hatte vorhin endlich eine Idee. Ist mir plötzlich zugeflogen.

Es sollte ein Tip sein, wie jemand sich erfolgreich präsentieren kann, sagte er nach Lektüre der Seite, die sie ihm mit dem wieder munteren, außerdem erwartungsvollen Zuruf *Lies!* auf den Bauch geworfen hatte, als er im Fernsehliegesessel *Aus der Region* sah.

Das genau ist er. So würde ich mich präsentieren.

Und wen möchtest du daraufhin an Land ziehen?

Auf jeden Fall keinen sensiblen Natur- und Gesundheitsfanatiker mit x kitschigen Hobbies. Sie kam und ging, wirkte ziellos, fragte: Wer macht heut Salat oder irgendwas?

Aha: Sie war in der Wir-sind-beide-berufstätig-Laune. Also Vorsicht. Als ihr heute vormittag die Gleichberechtigungsfrage noch egal gewesen war, hatte sie ihm für den Abend ein Puten-Curry versprochen. Es kam aus dem Gefrierfach, machte nicht übermäßig viel Arbeit, aber sie würzte sehr interessant nach, und er hatte sich aufs Bittenicht-stören-Schild aus dem *Bristol* gefreut, das sie immer an die Türklinke zur Küche hängte, wenn sie mutig genug war, Verantwortung zu übernehmen. Immerhin deckte sie anscheinend jetzt den Tisch. Ist das alles noch wegen deinem Mosaik?

Unsinn. Aber ich würde liebend gern das Abendessen übernehmen, *wenn* ich nur kalten blöden marmorierten Aufschnitt im Haus hätte.

Und schon war sie wieder weg. Er memorierte, was er von ihrem Text noch auswendig wußte: Raucherin. Bin es ganz und gar nicht leid, allein zu frühstücken. Keine Hobbies. No sports. Mag weder den *Kleinen Prinz* lesen noch kuscheln noch mit irgendwem Musik hören, bin nicht anschmiegsam und nicht scharf auf Sonnenuntergänge am Meer und brauche ein monströses Quantum an Alleinsein ... so ungefähr, aber es fehlte noch einiges an feindseligen Geschossen gegen den Empfänger ihrer Botschaft. Und solang ihre kleine Bosheit nicht gedruckt war, und nie könnte sie gedruckt werden, gab es nur einen Empfänger ihrer Botschaft, ihn. Wirklich weltbewegend fand er die Sache nicht. Nur ... an dem Alleinsein war was dran, was ihn irritierte, daß sie es neuerdings offenbar gern war, allein. Wenn sie seine Rückkehr in die Wohnung bemerkte, hörte sie mit dem Geklapper auf ihrer alten Reiseschreibmaschine auf, oder das muntere Gehämmer auf ihren Mosaiksteinchen brach ab. Genierte sie sich vor ihm? Weil sie trotz sinkender Erfolgskurve, abnehmender Nachfrage weitermachte? Oder waren sie zu lang schon zusammen, hatten zu oft und immer leidenschaftsloser *Heiraten oder nicht* diskutiert? Er fand es überflüssig, sich darüber den Kopf zu zerbrechen, normalerweise dachte er nicht einmal daran, und auch jetzt rief er sich zur Ordnung. Ach, diese Frauengefühle, sie hatten etwas Matschiges, waren wahre Rutschpartien. *Bitte nicht stören*, dachte er und daß es etwas Gutes war, wenn sich aus einer großen Liebe (jeder Anfang verändert sich, panta rhei, oder?) eine freundliche Zusammengehörigkeit heranbildete.

Als er die Diele auf dem Weg zum Bad überquerte, er wollte sich ein wenig nachrasieren, kreuzte er ihre Route Schlafzimmer Richtung Küche, und diesmal memorierte er laut aus ihrem Tip für den Kasten auf der Heiratsseite; er kam bis zum *Kleinen Prinz* und den Sonnenuntergängen am Meer, als sie ihm ins Wort fiel: Na, wenn das nicht alles schmeichelhaft für dich ist. Wen suche ich denn da wohl? Sie hörte sich etwas patzig an, grinste aber, linker Mundwinkel weggezerrt, eine kleine Grimasse, die er an ihr liebte. Sie zählte auf: Du rauchst, du segelst und surfst nicht, du liest nicht Saint-Exupéry, du bist …

Und du bist … am liebsten allein, hatte er sie unterbrechen wollen, ließ es aber bleiben. Etwas matt, doch von einem Druck befreit, sagte er statt dessen: … ein drolliger kleiner Witzbold.

Geschafft! Eine Diskussion weniger! Gut gemacht! Aufs Ganze gesehen war Versöhnlichkeit immer das Bekömmlichste. Welch ein glücklicher Zufall doch seinen Blick auf die Küchentür gelenkt hatte: An der Klinke hing das *Bitte-nicht-stören*-Schild! Ende gut, alles gut. Bis zum nächsten Mal. Aber vorher gabs ihr Puten-Curry.

Frau Kaisers Rezepte

Frau Kaiser, bitte! Der Nachfolger von Dr. Schulmann nickte seiner Patientin keck und verständnisvoll zu. Damit hatte er die erste Anstrengung hinter sich, eine physiognomische Gymnastik, denn eigentlich war sein Ausdruck verwundert und etwas elegisch. Aber als Facharzt für Psychiatrie und Neurologie behandelte er zugleich sich selber mit seiner Klientel, und Frau Kaiser hielt er für eine ziemlich schwierige, widerspenstige Person mit Ironiebedarf. Ein einziger schmerzlicher Blick von ihm zu ihr, und sie hielte ihn für ihrer nicht ebenbürtig, für einen Unterlegenen, was er vielleicht partiell war, allerdings nur bis zu einer entscheidenden Grenze: Ausschließlich er verfügte über die Macht, ihr alle drei Wochen das begehrte Rezept auszustellen. Er vergaß nie, daß sie ihn beim zweiten Besuch in der frisch von Doktor Schulmann übernommenen Praxis gefragt hatte: Sagen Sie es mir bitte aufrichtig, es kränkt mich absolut nicht, aber ich möchte wissen, ob Sie mich lächerlich finden. Irgendwie skurril. Es wäre ja begreiflich. Ich bin schätzungsweise so um die zwanzig Jahre älter als Sie. Und er hatte geantwortet: Ich heiße nicht nur Ehrlich und mit dem zweiten Vornamen sogar Ernst, ich bin es auch, beides, ehrlich und ernst. Nach weiteren zwei oder drei Zusicherungen, bei denen er ins Kapitel *Zusammenarbeit im gegenseitigen Vertrauen* aus seiner allerersten Publikation griff, schien sie beruhigt zu sein – beruhigt? Beruhigt hatte sich Doktor Ehrlich, Frau Kaiser war ja beinah amüsiert und naseweis mit ihrer Frage vorgeprescht, richtig schlau, sie wollte prinzipiell die Lage klären und wissen, ob es eine gemeinsame Basis gäbe. Schön und gut, die gab es also, eine Art Abkommen wurde geschlossen, aber seitdem fühlte er sich ziemlich unsicher mit ihr und glaubte, am ehesten könne er ihr imponieren, wenn er sich jungenhaft gab und ab und zu ein bißchen mit ihr herumalberte. Er befürchtete, in Frau Kaisers Augen bliebe er ein Anfänger, doch er war kein Anfänger mehr, er war schon ältlich, schon mit knapp neununddreißig Jahren ältlich, und er hatte ein Haardefizit, das er auf dem Schädel mit einer Rasurfriseurbehandlung (so daß es freiwillig und außerdem nach Haarverachtung aussah), auf der Oberlippe aber mit einem kleinen kastenförmigen Bart ausglich. Frau Kaiser mußte bei diesem kleinen graubraunen Bart immer an eine Schatulle denken. Statt Brustbeutel hat er diese Schatulle auf der Oberlippe und seine Kreditkarte reingestopft. Frau Kaiser kannte (dies heute war ihr siebter Termin beim Nachfolger ihres guten alten Doktor Schulmann) die Geschichte dieses Bartkästchens. Es hatte die radikale Tonsur überlebt, es war die letzte Erinnerung an den fadenscheinigen und löchrigen Bewuchs, mit dem der Doktor vorher bewiesen hatte, daß auch sein Stoffwechsel zur Produktion von Behaarung imstande war, wenn auch nicht unbedingt auf der Schädeldecke, die bei ihren drei ersten Besuchen noch ein paar Flusen und etwas Babyflaum überzogen. Frau Kaiser fühlte sich an ihre mißglückte Bodendeckeranpflanzung erinnert, zu der ihr der Gärtner geraten hatte und aus der nichts geworden war, weil ihr Prinzip dem Garten gegenüber hieß: Ich lasse die Natur walten. Das hatte die Natur im trockenen heißen Sommer rigoros erledigt – und die kleinen Pflanzen mit.

Wahrscheinlich freut er sich nicht, wenn er mich reinrufen muß, dachte Frau Kaiser. Es war ihr etwas peinlich, daß sie einen Kopf größer war als er, aber für diese körperliche Ungerechtigkeit nahm er mit seiner geringeren Anzahl an Lebensjahren Rache. Für sie war das Problem des Altersunterschieds immer wieder doch nicht ganz gelöst. Ehrlich blieb in dieser Praxis Schulmanns Nachfolger. Zu jung überdies, selbst wenn er nicht mehr wirklich jung war. Aber Frau Kaiser hatte es gern mit Ärzten zu tun, die älter waren als sie. Nach mehr oder weniger überflüssigem Geplauder über gemeinsame Bekannte ließ in der guten alten Schulmann-Zeit sich dieser Beinah-Freund von einem Arzt von Frau Kaiser ihre Pillenwünsche diktieren, und so kam sie problemlos zu ihrem Rezept und bis zum nächsten Mal gut über die Runden. Auch telephonische Bestellungen (Rezeptlieferung im frankierten Couvert – Frau Kaiser deponierte immer einen kleinen Vorrat im Glasverschlag der gefälligen Sprechstundenhilfen) kamen glatt über die winzige Hürde, die bloß in einer harmlosen Notlüge bestand *(dummerweise ist mir was dazwischengekommen, und ich kann den Termin nicht wahrnehmen)*, und oft entfiel sogar diese geringfügige Einschränkung ihrer Freiheit. Aber was will ich denn? Ich hab ja den kleinen Sowieso Ernst Ehrlich so weit, daß er alles genauso macht wie mein alter Schulmann. Warum wars so wichtig, daß Schulmann mehr Jahre auf dem Buckel hatte als sie? Schwer zu sagen. Aus der Ära des Bekennens von Problemen, des Sich-Anvertrauens war sie ja seit Jahren heraus, wie gesagt, es gab nur noch netten Klatsch und Tratsch und dann ihre Pillenwunscherfüllung auf dem Rezept. Vielleicht wars nur für weibliche Patienten wichtig. Oder für die Beziehung Seelendoktor – Patient. Der kleine Ehrlich könnte zwar kein Enkel sein, aber ein Neffe, er denkt *alte Dame* von mir, oder mehr: *alte Schrulle, bißchen makaber*; Frau Kaiser traute seiner Beteuerung, sie ernst zu nehmen, nicht hundertprozentig.

Sie züchten Klaustrophobiepatienten in Ihrem Wartezimmer, sagte sie und setzte sich auf den Platz für Patienten, einen Mischling aus Stuhl und Sessel, der sich in seinen Stahlrohrgelenken leicht bewegte, wodurch der Patient, wenn er nicht ganz still saß, ein wenig auf und nieder wippte. Die Klaustrophobiekundschaftsaufzucht hatte sie auch bei Schulmann schon als Einleitungswitz ausprobiert. Erfolgreich.

Es ist etwas eng da, gab Ehrlich zu. Obwohl er sich wie immer zu beflissen auf seine für die sarkastische Frau Kaiser reservierte Begrüßungsphysiognomie eingeschossen hatte, schien es heute nicht so recht damit zu klappen, diese Spezialeinstellung durchzuhalten. Ehrlich begann, an Frische und Munterkeit einzubüßen. Sein Gesicht war so olivgrau wie sein rasierter Kopf und der Schatullenbart auf der Oberlippe und wie das sonderbare Kleidungsstück, das ihm heute morgen, als er sich anzog, gut gefallen haben mußte (und, so hoffte Frau Kaiser gutwillig für ihn, jetzt nach vier Praxisstunden, immer noch). Das Kleidungsstück glich einem Wollsack. Er hing dem Ehrlich von den ohne Polsterung durch Jacken unerheblichen Schultern glatt vom Oberkörper bis ungefähr dorthin, wo seine Beine anfingen, und als Ehrlich ihr den Rücken zukehrte, um auf der Fensterbank in einem Behälter nach ihrer Karteikarte zu kramen, sah sie, daß sich das trübe Wollding über dem nicht weiter hervorstechenden Hinterteil etwas in die Höhe zu einem kleinen Wulst gerollt hatte, kein Wunder, das Sackgebilde, weder Pullover (man erkannte keine Maschen) noch Jackett (es war durch nichts gegliedert, es hatte nur oben ein halsfernes breites Loch fürs Durchschlupfen), war unpraktisch beim Sitzen, Ehrlich saß drauf, wenn er saß, und daher rollte sich das Material an dieser ungünstigen Stelle ein. Frau Kaiser sagte: Sie interessieren sich für Mode, stimmts?

Ehrlich wurde beinah glücklich: So was fällt in den Kompetenzbereich meiner Frau.

Immer wieder fiel es Frau Kaiser schwer, dem kleinen Nachfolger die Entschlußkraft zuzutrauen, die zu einer Eheschließung führte. Nicht einmal Verliebtheit schien bei ihm plausibel. Trotz all der bemühten Herumalberei mit ihr, für sie blieb er ein einsames altkluges Kind, dem die Mutter davongelaufen ist.

Arztkittel mögen Sie nicht? Sie verschmähen sie von nun an, oder ist das da nur heute? Frau Kaiser deutete in die Wollsackrichtung.

Ehrlich meinte, Arztkittel seien gut und unentbehrlich, wenn Untersuchungen anständen, aber nicht selten geradezu hinderlich bei Gesprächstherapien.

Aha. Haben wir so was denn heute vor?

In gewisser Weise schon ... Ehrlich veränderte sich. Nur noch eine Spur verlegen, mehr draufgängerisch: Mixed-Pickles-Gesicht, dachte Frau Kaiser und hätte es fast gesagt. Sie ließ es nicht aus Diskretion sein, sondern weil sie möglichst schnell ihr Rezept und alles andere als ein Palaver über eine bezüglich ihres Medikamentenkonsums neu zu überdenkende Zukunft haben wollte. Sie witterte Gefahr. Eine Veränderung lag in der Luft.

Ihre Karte hatte Ehrlich inzwischen gefunden und hielt sie in seinen blutleeren, schrecklich weißen und zartgliedrigen Fingern, den Fingern von Mädchenhänden, aber er stand sonderbar aufrecht ein paar Schritte weit von Frau Kaisers Sitz entfernt, und sie wippte nervös, fragte sich, ob er in dieser schrecklichen trostlosen Kleidungsmißgeburt wie eine Putzfrau aussah oder eher wie ein Henker, vielleicht auch wie ein Aspirant für den elektrischen Stuhl, und da fiel ihr zum Glück ein, wie sie das Spiel zu ihren Gunsten lenken könnte, sie war am Zug und sagte: Wie wars denn im Urlaub? Afrika, oder?

Oh, hochinteressant, rief Ehrlich, und Frau Kaiser kam es so vor, als hätte seine kurze Vehemenz etwas mit der Unannehmlichkeit zu tun, die sie förmlich einschnuppern konnte.

Afrika, ich weiß nicht, es wäre nichts für mich. Man fängt sich zu leicht was ein. Frau Kaiser redete schnell und deutete auf das olivgrau ausgekotzte Oberteil: Ist das von dort? Sie gab selbst die Antwort, indem sie zuerst lachte, dann rief: Unsinn! In Afrika ists zu heiß, und das da hält sicher enorm warm. Oder?

Afrika war lehrreich in beruflicher Hinsicht.

Die zwei im engen Sprechzimmer nahmen Maß aneinander, seit Frau Kaisers Eintritt fand der stille Zweikampf statt, und in diesem Moment *(lehrreiches Afrika, berufliche Hinsicht)* wuchs der Kleinere, Jüngere um einige Zentimeter, schließlich war er der einzige Arzt im Raum, und er wurde wirklich größer, jawohl, auch körperlich, und Frau Kaiser stocherte bloß im Nebel, alte Nebelkrähe, die ganz schön garstig sein könnte, wenn sie nicht leider um ihr Pillenquantum bibbern müßte. Die Nebelkrähe war drauf angewiesen, daß der kleine, aber wie sich erwies, durchaus wachstumsfähige Mann im grauoliv öden Henker-Dreß ihr beim riskanten Sport der Aufrechterhaltung ihrer Sucht half. Er müßte, um ihr den Nebel durchsichtig zu machen, den Satz aus der ersten Audienz in diesem Sprechzimmer wiederholen: Ich bin bereit, Sie auf diesem Weg zu begleiten.

Aber heute schien er etwas anderes mit seiner Patientin vorzuhaben. Ehrlich hatte sich jetzt auf seinem ebenfalls wippenden Stahlrohrsessel hinter dem breiten weißen Schreibtisch niedergelassen. Eklig wars für Frau Kaiser, wie ein Sonnenstrahl ihr Gesicht ausleuchtete, sie saß im Scheinwerferlicht, der Doktor aber mit dem Rücken zum Fenster. Es war unfair. Er war doch sowieso im Vorteil. Er erzählte mittlerweile, und nach seinem Anfang – *die westliche Psychiatrie kann von fremden Kulturen lernen* – hatte Frau Kaiser es für wahrscheinlich gehalten, daß es sehr langweilig würde und sie möglichst bald sagen sollte: Verdammt, ich schlafe weiterhin miserabel, meine Nächte sind eine Katastrophe, und für tagsüber wäre ein Kick dann und wann wahrhaftig nicht zuviel verlangt.

Es hat mich außerordentlich beeindruckt. Ein Heilzentrum in einem Kaff am Ufer des Malawi-Sees in Südostafrika. Zehn Frauen umtanzten schon seit Stunden einen jungen Mann, nach viermonatiger Behandlung würde man ihn entlassen. Kulleräugig schob Ehrlichs Blick seine Patientin in die Szene, die ihm wiedererschien und in der nun Frau Kaiser statt des Studenten, von dem er fortan etwas trancehaft berichtete, die Umtanzungstherapie durch die zehn afrikanischen Frauen zuteil wurde.

Frau Kaiser war mulmig, deshalb fragte sie etwas schroff: Was fehlte dem Studenten? Ehrlich würde hoffentlich heraushören: Und was hat der ganze Humbug mit mir zu tun?

Der Student, erfuhr sie, litt am Wahn, seine Großeltern hätten ihm böse Geister gesandt.

Aha. Na ja, ist alles noch ziemlich atavistisch da unten.

So pauschal sollte man es nicht sehen. Der Student hatte sein Studium verbummelt. Die bösen Geister, glaubte er, sollten ihn dafür bestrafen. Im Namen der Großeltern, in deren Auftrag. Ehrlichs Faszination wäre Frau Kaiser egal gewesen, doch fürchtete sie immer noch irgendwelche Auswirkungen auf ihren eigenen Status in dieser Praxis, und sie schnupperte Widerstand gegen die glatte Fortsetzung ihrer Geschichte: Sie war die Patientin, die nur in dreiwöchigem Abstand ihr Rezept brauchte, basta.

Ehrlich sagte, diesmal mit einem Lächeln immerhin, aber es war ein in die Fremde gekehrtes verwundertes Lächeln: In der individuell gestalteten Entlassungszeremonie opfert der Heiler eine weiße Taube.

Na so was. Interessant. Frau Kaiser hoffte, mit ein paar verlogenen Schmeicheleien weiterzukommen. Aber gut durchhalten könnte sie es nicht, falls es länger dauerte. Eine Taube. Hoffentlich passiert dem armen Tier nichts.

O doch, ich sagte ja, sie wird geopfert. Ihr Blut soll den Patienten definitiv vom Wahn reinwaschen. Und falls die Psychose sich doch noch mal melden sollte, wird der

Patient versuchen, sie mit intensiven Tanzübungen zu vertreiben. Diese Tanzübungen können Tage dauern.

Interessant, interessant. Aber, offen gesagt, ich sehe nicht, was dieses archaische Abrakadabra hier bei uns ... ich meine nur, Sie sagten, diese Dinge kämen für die westliche Welt in Frage ...

Ehrlich hob die Augenbrauen – nicht viele Haare drauf und ähnlich trist gefärbt wie die sklavische, putzfrauenmäßige, henkerartige Wollsackgeschichte da an ihm –, und auch die Stimme hob er: Sie kommen ohne Medikamente aus. Ohne Medikamente! Frau Kaiser, wir könnten aus solchen Riten am fernen Malawi-See wohl doch so einiges lernen, um Menschen wie Sie eines Tages auf einen Weg zurückzubringen, den sie dann ohne die Prothesen ihrer Medikamente aufrechten Ganges beschreiten.

Ich bin kein Student, der sein Studium verbummelt hat, und ich fühle keine bösen Geister um mich rum, erst recht keine von Großeltern ausgesandten, Großeltern habe ich nicht mehr, nicht mal Eltern, und wenn zehn Frauen um mich rumtanzen würden, ich weiß nicht, ob ich nicht jeder einzelnen von ihnen den Hals umdrehen würde, falls ich nicht vorher überschnappe.

Natürlich will ich keine Tauben schlachten. Ich bin nicht der einzige Psychologe und Psychiater und Neurologe, der sich in Afrika umgesehen hat. Und bei mir wars Malawi. Und wir erkennen alle miteinander, daß wir mit unseren hiesigen Therapien, mit unserer Kreativität am Ende angekommen sind. Grundsätzliche Behandlungsprinzipien unserer sogenannten Kollegen dort, der Heiler, halten wir für äußerst beachtenswert.

Aber bitte nicht diese Tänze. Und ich glaube nicht an Geister, nicht an gute und erst recht nicht an schlechte.

Sind nicht Ihre ganzen Mittelchen böse Geister? *Ihre* Geister?

Wenn schon, dann sinds gute. Ich schlucke den ganzen Plunder, um ... ja ich denke, aus Freiheitsgier. Ich hab Hunger auf Freiheit. Klar, Sie sagen mir jetzt, daß ich mit den Dingern unfrei bin, ich muß hier meine Rezepte holen, damit fängts mal an ... Aber ich hab sie gern, meine Pillen. Ich hab nicht nur ihre Wirkung gern, ich mag sie selber, ich seh sie mir gern an, ich freue mich auf sie, wenn ich aufwache.

Noch nie hatte Frau Kaiser so viel über ihr Problem bekannt. Tanzte womöglich, in Erzählform, der kleine trostlose Ehrlich um sie herum? Hatte er sich in viele rhythmisierte Wörter aufgelöst, die sie umkreisten? Ach, Unsinn, zwar war sie aufgetaut, aber doch nur in ihrer Abwehr gestärkt. Er bezirzte sie ganz und gar nicht. Mit seinem afrikanischen Tick machte er sie bloß angriffslustig. Um ihn zu trösten, sagte sie: Sie werden bestimmt in Ihrer Kundschaft geeignete Patienten für diese Zauberstückchen finden. Wir leben in einer Ära, in der erschreckend viele aufgeklärte Leute sich in die finsterste Dunkelheit zurücksehnen, bereitwillig werden sie bessere Buddhisten als die gebürtigen Buddhisten, werden Islamisten und Hindus und was weiß ich nicht noch alles, Hauptsache, es ist fremd und möglichst ostasiatisch, oder sie entdecken ihren Astralleib und ihr Karma, ich kenne mich nicht aus, aber so ungefähr ists.

Ehrlich lächelte nachsichtig. Er gab zu, es gäbe Medien und Widerspenstige. Bei uns wird das affektive Moment einer psychischen Störung meist viel zu wenig beachtet.

Was für ein Moment?

Das Gefühl, wir beachten es zu wenig, und die afrikanischen Heiler tun es. Nehmen wir die Schizophrenie.

Schizophren bin ich, denke ich, nicht, nicht bis jetzt.

Wir lernen allmählich, daß bei der Schizophrenie die Angst eine viel größere Rolle spielt als bisher angenommen. Statt vieler Worte wartet der Patient auf Sicherheit, auf etwas, das ihm die Angst nimmt.

Ich würde als Schizophrener auf das geeignete Medikament warten. Und natürlich nicht auf viele Worte und erst recht nicht auf Tänze um mich rum.

Der afrikanische Heiler vermittelt dem Patienten: Ich kenne das Gegenmittel gegen dein Übel, und der Patient empfindet Sicherheit. Er kriegt Halt.

Schön für ihn. Aber ich wäre nicht wie der Patient, von dem Sie reden.

Es ist selbstverständlich unerläßlich, daß es sich beim Heiler um eine charismatische Persönlichkeit handelt.

Frau Kaiser fürchtete, Ehrlich blicke plötzlich trübsinnig, weil er sich vor der Entdeckung drückte, kein charismatischer Mensch zu sein. Er sah ganz vernichtet aus. Aber sie konnte sich täuschen. Vielleicht gabs bloß ein Problem mit seinem Magen, und Ehrlich befand sich, aus seiner Sicht zumindest, auf dem Weg zum Charisma, in diesem grauoliv düsteren Halbsack müßte es eigentlich damit klappen.

Ehrlich sprach vom siebten Sinn und dem besonderen Gespür für Emotionen, weshalb es den Heilern gelinge, sogar akute Psychosen ganz ohne Medikamente zu besiegen. Er sagte: Durch Tanz und Musik wird in Malawi genau das erreicht, was wir mit Medikamenten versuchen. Versuchen! Der Patient wird affektiv umgestimmt, die Psychose wird zurückgedrängt.

Na schön, in Malawi. Wir sind in Nordrhein-Westfalen, sagte Frau Kaiser. Lieber Doktor, ich will Ihnen nicht Ihre Zeit stehlen …

Aber der Doktor hatte Zeit. Die Praxis lief noch immer nicht so gut wie erhofft und ökonomisch notwendig – die Miete im Zentrum der Stadt verschlang eine Menge, die beiden Arzthelferinnen mußten bezahlt werden und so weiter –, und das war nach erfolgreichem Start mit Doktor Schulmanns alter Klientel ein wenig rätselhaft und sehr bedauerlich.

Es gibt darüber hinaus auch aus dem Reich der Mitte viel für uns zu lernen, sagte Ehrlich. Ich spreche von China. Von meditativer Atemtechnik und dem Schattenboxen. Einer meiner Kollegen hat sich in diesen Heilverfahren ganze zwei Jahre lang unterweisen lassen.

Der Ärmste. Gehts ihm besser?

Er war nicht selber krank. Er tats, um zu lernen. Um das Erlernte an seine Kranken weiterzugeben.

Sie kommen mir verändert vor, Doktor Ehrlich. Frau Kaiser meinte das ernst, aber hauptsächlich wollte sie auf ihr Rezept zusteuern. Sie mußte ihm schmeicheln. Sie haben diesen siebten Sinn und das gewisse Gespür.

Sie lächelte, obwohl sie nicht glaubte, daß er sie dadurch anziehender fände, alte lächelnde Nebelkrähe, doch glaubte sie daran, daß der kleine, zu junge überanstrengte Doktor etwas für sie übrig hatte. Im Grunde machte er sich mehr aus den Widerspenstigen als aus den Gezähmten. Sie holte Luft. Und mit diesem Gespür wissen Sie ganz genau, daß ich niemals meditativ atmen werde und auch keine Schatten boxe. Niemals.

Und Sie wissen ganz genau, daß Sie zu viele Medikamente schlucken. Sie wissen es, Frau Kaiser.

Ich weiß es.

In der kurzen Pause, die zwischen ihnen entstand und die Frau Kaiser, von einem Sonnenstrahl belästigt, als Klimawechsel empfand, nicht beim meteorologischen Wetter, vielmehr änderte sich diese leichtgewichtig dahinschwebende Witterung zwischen dem kleinen Doktor und ihr, in dem kurzen Schweigen überlegte Frau Kaiser eine neue Strategie – aber gab es überhaupt eine? Den aus ihrer Alterssicht jungen Mann nahm sie weiterhin nicht ernst, nicht besonders, vor allem nicht nach seinen Schwärmereien von afrikanischen Therapien, als wären die auf einen kritischen Menschen, wie sie einer war, medikamentengierig oder nicht, jemals anwendbar. Aber als Gegenspieler mußte sie ihn tatsächlich allmählich ernst nehmen, und zwar sehr ernst. Die klügste Taktik, in einen vertrauensvollen Ton zurückzuschippern, wäre sicherlich ein menschliches Getue, auf neudeutsch: zwischenmenschliches. Also lächelte Frau Kaiser wieder; beim Versuch, dabei einen mütterlich gutartigen Eindruck zu machen, fürchtete sie, ihr Gesicht sähe nichts als albern und ein bißchen nach Faciallähmung aus.

Sie haben sich verändert, durch all dieses Afrika. Hab ich recht? Nochmals das Lächeln, nachhaltiger und deshalb noch schräger.

Das habe ich, stimmt. Ich habe mich verändert.

Verdammt, warum blieb er so ernst?

Wollen Sie es auf afrikanisch oder auf chinesisch mit mir versuchen? Frau Kaiser arbeitete sich wieder ins ironische Verfahren zurück.

Wir könnten uns überlegen, welche von all diesen und noch verschiedenen anderen Methoden bei Ihnen am erfolgversprechendsten wäre. Ehrlich hatte angefangen, einen weißen Kugelschreiber mit der roten Aufschrift einer pharmazeutischen Firma auf seinen leeren Schreibfilz zu hämmern, aber vorsichtig, er wollte seinen Schreibfilz nicht ruinieren.

Keine, sagte Frau Kaiser klar, und es klang abschließend.

Ich will nicht ausschließen, daß wir vorher mit der gewohnten Dosis weitermachen.

Hört sich schon besser an.

Und dann werden wir sehen, wie wir langsam runtergehen können. Wir werden versuchen, durch eine Kombination von Körperbewegungen, Atmung und Aufmerksamkeit die Harmonie des Energieflusses wiederherzustellen.

Frau Kaiser fragte sich, ob der Doktor verrückt geworden wäre. Sie sagte: Haben Sie je darüber nachgedacht, wie alt ich bin? Siebenundsechzig.

Es kommen viel ältere Patienten zu den chinesischen Meistern. Siebenundsechzig ist gar nichts. Ehrlich hörte mit dem Hämmern auf und rieb sich in der Rumpfmitte. Wahrscheinlich, denn auch ihn traf jetzt die Sonne, wenn auch nur von hinten, fing seine Haut unter dem Kerkermeister- oder Putzfrauenoberteil an zu jucken. Frau Kaiser, wissen Sie eigentlich, daß Ihr Mann sich Sorgen um Sie macht? Er meint, es zeigten sich doch allmählich erhebliche Gedächtnisstörungen und ein paar andere Ausfallserscheinungen, typisch für die Einnahme von Benzodiazepamen ...

Das ist ja typisch *er*! Frau Kaiser hätte nicht erwähnen müssen, nun sei sie auf hundertachtzig, aber sie erwähnte es. *Er* hat das hundsmiserable Gedächtnis, immer meint er, er hätte mir irgendwas gesagt, fast könnte man fürchten, daß er entweder halluziniert oder zu oft *Gaslight* gesehen hat.

Gaslight?

Na hören Sie, das ist der berühmte Film, in dem der Ehemann seine Frau, ich glaub, Charles Boyer und Ingrid Bergman, mit kalter Berechnung in die Verrücktheit treibt. Frau Kaiser wurde etwas ruhiger und gab beinah friedlich zu, an der Sorge ihres Mannes zweifle sie nicht. Und doch: Weil er sich Sorgen macht, macht er auch diese Gedächtnisspielchen mit mir. Leider muß ich wirklich befürchten, daß das so ist, Doktor.

Sie sind seine einzige Bezugsperson, vergessen Sie das nie.

Aber dann dürfte er mir keine Angst machen.

Er hat Angst.

Du sollst keinen anderen Menschen erschrecken. Das ist von Ulrich Zwingli. Frau Kaiser fühlte sich auf der Höhe, und sie war sehr aufgebracht, schrecklich erzürnt. Aber in Fahrt, gut in Fahrt. Sie würde den afrochinesischen Knaben da in seinem Herrschaftssessel rechts überholen. Oder als Geisterfahrerin frontal anfahren. Und du kannst was erleben, drohte sie stumm ihrem Mann.

Ihr Zorn und der Anblick des rasierten Schädels von Ehrlich, der sich endlich über den Rezeptblock beugte und mit seinen sonderbar zarten Mädchenfingern nun den Kugelschreiber zweckentsprechend benutzte – er schrieb das übliche Quantum der von Frau Kaiser diktierten Medikamente auf –, und daß die Sonne weitergewandert war und nicht mehr ins enge Sprechzimmer blendete, auch der Gedanke, *Ehrlich kann sichs nicht leisten, auch nur eine einzige Patientin, und sei es die störrischste, zu verlieren*: Alles das nützte Frau Kaiser psychosomatisch, so daß sie lachen konnte und zu ihrem plötzlich merkwürdig bemitleidenswerten Gegenüber sagte: Ich fühl mich besser als vorhin beim Reinkommen. Als hätten mich ihre Negerweiber umtanzt und all das. Vielleicht wars ja auch ein bißchen Schattenboxen, was ich gemacht habe. Ich bin eine alte Nebelkrähe. Könnten Sie mir eine Broschüre oder irgendwas zum Lernen von all diesen Dingen empfehlen?

Ehrlich konnte nicht nur das, er konnte ihr sogar ein Informationsheft überreichen, und ob er sich täuschen ließ oder nicht, bekam Frau Kaiser nicht heraus, aber er schien sich zu freuen. Er bat sie, über ihr Gespräch nachzudenken und ihren Mann zu grüßen. Als er seinen Terminkalender betrachtete, tat er so, als wäre es nicht leicht, aus dem vorgeblichen Gedränge der eingetragenen Namen das gewünschte Datum zu angeln, Frau Kaiser vermutete, er starre in eine ziemlich beängstigende Leere, und weil sie ihr Rezept hatte und er ihr ja auch seit wenigen Minuten leid tat (nicht allzusehr, aber immerhin ein bißchen doch), sagte sie, um zu trösten, und ganz falsch lag sie ja wohl nicht damit: Mit Ihren neuen Heilsideen da aus Malawi und China werden Sie bald überlaufen sein. Ich meine, die Praxis wird noch besser gehen als jetzt schon, und Schulmann, er käme aus dem Staunen nicht raus. Die Leute fliegen heute auf so was. Sie schwenkte ihr Informationsbüchlein.

Ehrlich blickte sie dankbar an und erinnerte dabei an sich selbst als nicht besonders glückliches Kind, das nach vielen einschlägigen Enttäuschungen unerwartet von einem ausnahmsweise netten Erwachsenen ermutigt wurde. Das wäre möglich. Er klang nachdenklich. Suchte wieder, vorgetäuscht oder nicht, im Terminkalender. Da! Ich sehe Ihren Mann am 14.

Und mich in drei Wochen. Hoffentlich glaube ich bis dahin an irgendwelche Geister. Unmöglich ist nichts. Meine Rede.

Sag niemals nie.

Niemals niemals nie nie nie! Frau Kaiser rhythmisierte ihre schnellen Schritte nach dem fast richtig fröhlichen Abschied von Doktor Ehrlich und dem olivgrauen Wollsack und dem Galeerensklavenschädel und den extrem weißen Fingerchen und strebte in die Magdalenen-Apotheke, fühlte sich gut mit der kleinen, bis oben gefüllten Tüte aus knittrigem dünnem Papier mit Magdalenen-Kopf und Apothekenaufschrift und auch im Bus immer noch gut, obwohl der so voll war, daß sie stehen mußte und mit den ruckhaften Fahrbewegungen vor- und zurückschwappte wie ein weggeworfener toter Fisch auf einer Welle am Kai.

Zum Mittagessen gabs kalte Reste vom Abend vorher. Herr Kaiser wollte wissen, wie es bei Doktor Ehrlich gewesen war, und Frau Kaiser sagte: Wie immer. Bis auf eine Ausnahme. Du brauchst am 14. nicht hin.

Warum denn das schon wieder? Macht er wieder irgendeinen Fortbildungskurs, oder was ist? Und übrigens, wo sind meine Tabletten? Herr Kaiser stand auf, um sich seine Mittagsdosis selbst auf den kleinen Teller zu puhlen, der bei den Mahlzeiten diesen Servier-Dienst versah. Er hatte Parkinson und noch ein paar Altersprobleme. Pro Tag brauchte er eine Menge lustig anzuschauender Präparate, abgeplattete Dragees, durchsichtige Kapseln, die an winzige gurkenförmige Luftballons erinnerten, auch kleine Perlen waren dabei und flache weiße Plättchen, die waren die langweiligsten, die andern schillerten in vielen Farben, ein fröhliches Bunt, einige von den langen Dingern waren sogar zweifarbig, und man hätte eine schöne Kette draus basteln können, und es war alles in allem entschieden mehr als das, was Frau Kaiser schluckte, aber ihr Mann brauchte es, um seinen Organismus vorm Ruin zu retten, sie dachte, ohne das Zeug wäre er wahrscheinlich ein *Terminaler*, was ihr manchmal einfiel, wenn sie ihn, wie es in jeder guten alten eingefahrenen Ehe vorkam, nicht leiden konnte. Keinen Kick, kein Highlight, keine Flucht in die Freiheit – nichts dergleichen erwartete und bekam er von seinen Arzneimitteln, er *brauchte* sie, und Abgewöhnen brächte ihn um. Alles vollkommen anders als bei ihr. Angeblich, laut Doktor Ehrlich (der vermutlich leider – auf seine stur medizinische Betrachtungsweise – recht hatte), hieße umgekehrt Abgewöhnen bei ihr die Rettung. Doch sie glaubte nun mal nicht daran, weil sie es nicht wollte und weil sie keine Zukunft für sich als solchermaßen Gerettete sah, sie hatte es schließlich probiert, mehrmals, und keinmal wars gutgegangen, jedenfalls nie länger als höchstens ein bißchen mehr als ein Jahr und dann auch nur mit irgendwelchen Kompensationen, zu vielen Drinks beispielsweise.

Ich erkläre dir nachher beim Kaffee, warum Doktor Ehrlich meint, daß du es mal eine Zeitlang ohne all das Gift versuchen sollst. Es *ist* Gift, das sagst du mir selbst immer, wenn ich *meine* Sachen einnehme.

Frau Kaiser ließ ihrem Mann die Mittagsdosis. Bis zur gewohnten Kaffeepause hatte sie sich ausreichend in dem Heft informiert, um ihren kleinen Vortrag zu halten.

Bist du soweit? fragte sie ihren Mann, und sie unterdrückte das schmerzende Gefühl von Erbarmen mit ihm, der sie vertrauensvoll und neugierig mit Hundeblick anschaute. Aber schließlich verbreitete er dieses dumme Zeug über sie beim oliv trüben Wolljumper-Doktorchen, und dafür könnte er ganz gut mal ein, zwei Wochen lang gestraft werden oder eben genausolang, bis sie vielleicht erkannte, daß es ihm ganz und gar nicht gut ginge.

Frau Kaiser bekam die Tänze der Frauen um den von den bösen Geistern der Großeltern gepeinigten Studenten als Erzählstoff sehr gut hin. Von wegen Gedächtnisstörungen, trumpfte sie im stillen gegen ihren Mann auf, der einen rebellischen Ausdruck angenommen hatte und sich danach erkundigte, ob der Doktor übergeschnappt sei oder sie, seine Frau. Natürlich, er kannte sie gut genug nach all den Ewigkeiten ihres Zusammenlebens, und sie konnte ihm nicht vormachen, von der Begeisterung des Doktors angesteckt worden zu sein. Sie wechselte zu den Chinesen über: Die Energie namens qi, das ist ein q und kein k und dann ein i, also qi heißt diese Energie, und die fließt auf einem verzweigten Meridian- und Leitbahnsystem durch den Körper, durch den *gesunden* Körper. Aber beim kranken Körper, also nehmen wir deinen Körper, bei dem ist das Gleichgewicht dieses Systems gestört.

Wann hörst du mit diesem Fachchinesisch auf? Herr Kaiser zog es vor, nach der Wochenzeitung zu greifen, die er normalerweise für Samstag oder Sonntag, wenn sonst wenig los war, aufhob.

Es ist chinesisch, stimmt. Aber psychosomatische Medizin hast du schließlich auch bei uns, und du erzählst mir bei jedem Infekt, wenn ich ein paar Aspirin nehmen will, es ist psychosomatisch, oder Fieber macht immun, und laß der Natur ihren Lauf. Du bist bei mir ein halber Chinese, hasts nur nicht gewußt. Und nun sei es auch mal bei dir. Wenigstens probeweise.

Herr Kaiser knurrte etwas Unverständliches, aber dem Geräusch nach Feindseliges. Für Frau Kaiser hörte es sich in einem nur ihr vernehmbaren Nebengeräusch hilflos an.

Hatte sie nicht heute schon einmal in einem Erwachsenen, einem Mann, das einstige Kind entdeckt? Ach ja, beim Putzfrauenhenker-Dreßman Doktor Ehrlich. Mitleid!

Hör zu. In komplexer Weise sind Körper und Seele miteinander verknüpft.

Sehr neu.

Um so besser. Du hast eine gewisse westliche Vorbildung. Dein qi-System muß ins Gleichgewicht zurück.

Und zwar sofort, rief Herr Kaiser.

Also mußt du unter anderm taiji oder gi-gong üben, schrie Frau Kaiser.

Akupunktur bringts auch, he? brüllte Herr Kaiser.

Gewiß gewiß, und Kräuteranwendungen, brüllte Frau Kaiser.

Na klar, grölte Herr Kaiser. Kräuter, das alte Frauenvorwissen.

Ich sags ja, ein Chinese muß man nicht erst sein, ums zu kapieren.

Gi-gong, gi-gong! Frau Kaiser bekam einen unmotivierten Lachanfall. Sie fühlte sich so leicht, als könnte sie jetzt wirklich als Krähe losfliegen, aber dies hier war ein Wohnzimmer, und der Nebel war nur in ihrem Kopf. Sie fühlte sich gleichzeitig nur insofern wirklich und wie die ihr bekannte Person, als sie unglücklich war, und jetzt wurde ihr auch ziemlich rasant übel. Sie brauchte was zu trinken oder ein Timidan oder am besten beides zusammen. Gi-gong, wiederholte sie. Man schreibts mit einem Bindestrich. Gi Strich gong.

Sag mal, hat dieser Junge dir irgendwas Neues verordnet und du hasts bereits geschluckt?

Er hat mir diesen Quatsch empfohlen, sagte Frau Kaiser gegen ihren Willen, aber ein großer Schluck London's Dry Gin hatte heute so fabelhaft schnell und gründlich gewirkt wie sonst meistens nicht einmal der dritte oder vierte. Aber ich, ich bin nun mal kein Medium, weißt du? Und da dachten wir, du könntest eins sein. Und außerdem bist du vernünftig.

Ich bin auch nicht psychosomatisch krank, sondern ich bin nur somatisch krank und so vernünftig, daß ich das weiß. Bedauerlicherweise ist das so. Herr Kaiser redete ruhig und erbost.

Ich hab mich gerächt, das heißt, ich habs versucht. Frau Kaiser wurde ebenfalls ruhig. Erbost war sie sowieso. Mitleid? Futsch. Du redest hinter meinem Rücken mit dem kleinen Ehrlich über mich, du erzählst ihm Schauergeschichten, du legsts drauf an, daß ich den Verstand verliere. Aber niemals werde ich wie ein afrikanischer Student dran glauben, daß meine toten Großeltern mich belauern.

Frau Kaiser spürte einen steinernen kalten Blick des Herrn Kaiser.

Der Blick drückte auf ihre Schultern, von den Schultern runter lähmte er sie bis in die Beine, und sie konnte sich nicht mehr aufrecht halten.

Hast du da Gift reingetan? Sie deutete, mühsame Armbewegung, auf die Ginflasche.

Da haben wirs wieder. Deine Paranoia. Armes Kind. Herr Kaiser sah sie eisig an, und er klang auch so, tiefgefroren wie die Kabeljaufilets, die er sich zum Abendessen sieden wollte.

Und es waren so liebe, so furchtbar liebe liebe Großeltern, jammerte Frau Kaiser.

Du hast sie nicht einmal gekannt, erwiderte Herr Kaiser – falls sie sich nicht schon wieder täuschte. Gut möglich, daß überhaupt kein Wort gefallen war. Gi-gong, gi-gong. Klingelte das Telephon? Sie ging ran, aber dann fürchtete sie sich davor, den Hörer abzunehmen.

Komisch, nichts weiter

Udo paßt, was nicht beabsichtigt war, denn Udo ist er nach einem Onkel genannt worden: um drei Ecken verwandt, aber als Banker weit und breit der einzige mit Geld, und trotzdem eine Fehlinvestition der Hoffnungen auf Spendierhosen. Waltraud trägt kein Make-up und ihre kurzgeschnittene Dauerwellenfrisur grau mit grau-braun meliert. Von beiden kein Protest gegen die Unbarmherzigkeiten im Walten der Natur, sie werden alt, sie nehmen an Gewicht zu, sie sind einverstanden. Ihre Kleidung ist bieder und reinlich, sie sind ein behäbiges Pärchen. Plötzlich fand ich sie einfach komisch. Und da wurde mir zum ersten Mal leicht ums Herz. Sie sind so komisch, präge ich mir ein, was für eine Entlastung! Ich hatte sie bisher nicht als erheiternd empfinden können, deshalb bin ich auch nie gern auf ihre Einladungen eingegangen und jedesmal bedrückt zurückgekommen: zu viel schwere Kost, fürs Gemüt und für den Magen. Man wird bei ihnen überernährt. Bei ihren massiven altmodischen Mahlzeiten stehen prächtige Braten mit fettigen Saucen in der Tischmitte, und Waltraud sagt zu Udo, bei dem das nicht nötig wäre: Nimm nach, Mann! Iß Kartoffeln, Mann! Reste kommen in den Müll, womit sie ihren gemäßigten Wohlstand demonstrieren. Um auf nichts verzichten zu müssen, mit Sahne angedickte Suppen, Gemüse, Süßes zum Dessert und später Kuchen zum Kaffee, spritzen sie sich dreimal pro Tag Insulin.

Wenn ich das durchhalte und von jetzt an die beiden einfach komisch finde, werde ich vielleicht meine Nervosität los. Wegen ihr habe ich immer zu hastig gegessen und zuviel. Fast könnte man seine Gastrolle genießen. Streit gibt es auch nie, und jeder noch so Skeptische müßte spüren, wie gut sie zueinander passen. Gerade das war es aber vielleicht, ihre gemeinschaftliche unerschütterliche Einwilligung in ihr Leben, so wie es nun einmal geworden war, was mich bisher gereizt hat, oft sogar entsetzt. Ihr ewiges lahmes Man-muß-zufrieden-Sein und das grundsätzlich Rechtschaffene bis über die Schwelle zur Selbstgerechtigkeit.

Udo war Lehrer an der Fachhochschule, und seine Pension wirkte schon beruhigend, während er noch unterrichtet hat. Wenn es sich auch um keine umwerfenden Beträge handelt, die verläßlich zum Monatsende auf ihrem Konto landen, so gewährleisten sie doch die Fortsetzung ihres komfortablen Alltags, und nur darum geht es. Nach größeren Ausgaben für irgendwelche Abenteuer, nach Reisen zu fernen Zielen, kostspieligen Anschaffungen steht ihnen nicht der Sinn. Es hat sich sogar eine stattliche Summe an Erspartem als Altersvorsorge angesammelt, und daß vor einem Jahr eine neue Sessel-Couch-Sitzgruppe (wieder in Kunstleder) fällig war, hat sie nicht beunruhigen müssen.

Waltraud blickt anerkennend zu Udo und stellt fest: Eine Pension ist schon was Schönes. Waltraud wird Udo bis zu seinem Ende verpäppeln können.

Ein bißchen mehr als früher passen sie jetzt auf ihr Gewicht auf, aber damit, daß sie selbstverständlich dick sind, wenn auch nicht so dick wie die richtig Dicken, nicht fett, nur gemütlich dick, haben sie sich abgefunden – so wie mit allem. Sie sind vollkommen mit sich und der ihnen zugedachten Zeitspanne auf Erden im Einklang, weil sie ihren Alltag ohne besonderen Ehrgeiz, jedoch tüchtig und redlich selbst gestaltet haben. Waltraud erklärt mit pampigem Stolz: Langeweile ist für uns ein Fremdwort. Ich hab den Garten, Udo hat das Auto und seine Hobbys. Das Auto wird meistens in eine *unsere Garage* genannte Plastikplane verpackt und bis zu den Rädern vermummt, um den Lack und die Reifen zu schonen. Udo assistiert dem Nachbarn Seidel, Chef des Taubenzüchtervereins, und er sammelt Viking-Modelle, bastelt Lego-Gebäude. Der Garten, das ist eine Vorgartenminiatur und hinter dem Haus ein Handtuch, aber alles bestens gepflegt und die Buchsbaumhecke stets akkurat gestutzt. Den Schrebergarten haben sie vor einigen Jahren aufgeben müssen, aus Altersgründen, wie Waltraud damals schon ohne Beschönigung zugab. Sie hat keine Hobbys, aber ihre Termine, Friseur, Massage, Kaffeekränzchen und dergleichen, hat den Haushalt (sie sagt: *meinen* Haushalt). Früher hat sie in einem Modehaus am Steuben-Tor gearbeitet, das sie jetzt per Bus und schaukelnder Gehweise oft besucht. Kleinere Einkäufe erledigen Waltraud und Udo zwischendurch in der Woche, und samstags enthüllen sie das Auto (einen Combi, viel Stauraum), und es erfolgt im Wal-Mart der Großeinkauf.

Ich habe sie also zum ersten Mal komisch und nicht niederdrückend gefunden. Es war wie eine Erhellung. Ohne äußeren Anlaß, bei einem ihrer üblichen Überernährungs-Mittagessen. Ich fühlte mich schuldlos und so, als lockerte sich eine Strangulation, und etwas hätte mich von ihnen befreit. Zwar aß ich wieder zuviel, aber ohne Nervosität, und deshalb bekam mir meine Unmäßigkeit besser. Selbst Udos Bemerkungen zur Politik fand ich weniger reaktionär, obwohl er es ist, reaktionär, doch was hatte ich denn dagegen? Gar nichts, nicht in diesem Moment.

Besonders religiös sind sie nicht, sie würden aber nie mit Traditionen brechen, und am Gemeindeleben nehmen sie auch teil; die Gottesdienste besuchen sie nur an den kirchlichen Feiertagen (evangelisch), von denen sie eine Menge halten, Lieblingsfest Weihnachten, Anlaß für noch ausschweifendere Nahrungsaufnahme unter dem stattlichen Adventskranz. Und ihr Christbaum reicht immer vom Boden bis zur Zimmerdecke. Während Udo ihn reichlich schmückt, schaukelt Waltraud zu den befreundeten Nachbarn, für die sie vorher mitgebacken und hübsche Tannengestecke angefertigt hat.

Sie stehen wie zu Udos Berufszeiten früh auf, abends sehen sie fern bis gegen zehn Uhr, dann gehen sie ins gemeinsame Schlafzimmer. Sie haben ein Konzert- und ein Theater-Abonnement, seit längerem nur noch für die Oper, auf das sie allerdings ebenfalls zu verzichten planen: Die Inszenierungen werden immer verrückter.

Sehr weit gebracht haben sie es nicht, aber nach ihrer Überzeugung weit genug. Keine Wünsche offen. Und das, ihre Nachsicht sich selber gegenüber, hat mich plötzlich auch nicht mehr aufgeregt. Daß sie aus Bequemlichkeit verspießbürgert waren, hatte mich in all den Jahren beschämt, und damit war es auf einmal aus, ich fand sie komisch und damit fast so liebenswert, wie ich es von jeher (und von Natur aus) hätte empfinden müssen. Trotzdem werde ich sie auch weiterhin nicht dazubitten, wenn ich eine Geselligkeit bei mir veranstalte. Um mir ein schlechtes Gewissen zu ersparen, sage ich mir, ich würde den beiden keinen Gefallen tun, denn ganz dumm sind sie ja nicht, Waltraud verfügt über eine gewisse Gewitztheit, und sie würden merken, daß sie im Kreis meiner Freunde verloren wären. Sie passen zu niemandem, den ich kenne. Umgekehrt, also doch ahnungsvoll, laden sie mich nicht ein, wenn sie Gäste haben. Wir sind immer nur zu dritt.

Es war einer von diesen grausig heißen Tagen im Juli, von der Allgemeinheit (gesund, im richtigen Alter für Schwimmbäder und anscheinend im Dauerurlaub) und von den Fernsehwetterfröschen bejubelt. Die waren geradezu stolz auf die Sonne, die glühte und brannte, und auf die Trockenheit und den wolkenlosen Himmel. Von einer Tomatensuppe mit Sahnehäubchen erhitzt, säbelten wir uns zwischen gratinierten Kartoffeln und rahmigem Lauchcremegemüse durch Waltrauds Schweinebraten. Ein furchtbar unpassendes Essen bei Spitzenwerten bis zu achtunddreißig Grad, aber die zwei würden nie die Gesetze ihrer Gewohnheit brechen und dem Sonntagsbraten untreu werden, und daß es zum Dessert Eis gab, Schokolade, Vanille, Nuß, mit Schlagsahneaufbauten, war auch kein Zugeständnis an die Außentemperatur, Eis gibt es oft bei ihnen, selbst im Winter. Ich schimpfte aufs Wetter, und schon als Gartenbesitzer stimmten sie mir zu, als ich sagte: Diese stumpfsinnige Menschheit! Bejubelt den Jahrhundertsommer, während die Ozonwerte steigen, die Kranken kränker werden, die Innenstädte sieden, Gras und Bäume eingehen und so weiter.

Es dürfte mal regnen, sagte Udo.

Die Leute laufen halb nackt herum, sagte Waltraud, es gibt keinen Anstand mehr. Sie stimmten mir eigentlich doch nicht zu, ich hätte besser sagen sollen: Sie widersprachen mir nicht. Alles Übertriebene lehnen sie ab, und obwohl ich das weiß, rief ich: Ich empfinde diese Hitze als persönlich gegen mich gerichtet! *Mich* verletzt sie, sie attackiert *mich*! Und plötzlich fand ich diesmal ihre zugeknöpften Gesichter und wie sie schnell Zuflucht suchten beim Weiterspachteln, Kauen, Schlucken nur noch ganz einfach komisch, erlösend komisch. Was denn außer mir und meinen Einwürfen aus einer fremden Welt irritierte sie wirklich? Wenn ihnen auch vieles in unserer Gegenwart mißfällt: nichts, überhaupt nichts. Nichts penetriert die Speckschicht, die wie die körperliche auch ihre Seelen gegen Verwundungen panzert. So leicht dringt keine Waffe zu ihnen vor. Sie kommen zurecht. Sie kommen gut zurecht.

Hochsommerlich bekleidet waren beide; Waltraud mit etwas, was einer über Bauch und Hüften gestoppten hängerartigen Küchenschürze glich und worin sie wie eine Marktfrau aussah, während Udo, in kurzer Hose, halbärmeligem, aber steif gestärktem Hemd und mit Krawatte noch stämmig-strammer und untersetzter als sonst, wie ein altgewordener Bub wirkte, pausbäckig unter dem grauen, immer noch stabilen Haar – von wem hat er das, so dickes handfestes Haar? Nicht von seinen Eltern mit ihren mühselig über Problemflächen gekämmten Frisuren, und wehe, es ist windig! Und wenn ich mich das frage, meldet sich in mir der alte, beruhigende Verdacht ... ein anderes ehemaliges Baby interessiert mich dann wieder mal und was aus dem geworden sein könnte ... nichts Tüchtiges, nichts dem Udo Ähnliches, soviel steht fest.

Sie haben einen Enkel von ihrem einzigen Kind, einer schläfrigen pummeligen Tochter, die mit ihrem ebenfalls schläfrigen pummeligen Mann in einer sechzig Kilometer entfernten Kleinstadt lebt. Der Enkel ist bei Udo und Waltraud eingezogen, um es bequem zu haben und im Schutz vor schlechten Einflüssen gut ernährt zu werden, und studiert hier BWL, ungewiß, wie viele Semester noch. Sie haben ein kleines Gästezimmer, in dem Waltraud trotz Enkel weiter bügelt. Jetzt sind Semesterferien, die der Enkel wie immer bei seinen Eltern verbringt.

Als ich beim Kaffee und einer von Waltrauds vierstöckigen Torten nochmals die Knallsonne verfluchte, sagte Waltraud: Nimm dir ein Beispiel an Udo. Udo bewahrt immer die Ruhe. In die kleine Pause, die durch ihr Bedürfnis entstand, eine nächste schwerbeladene Gabel voll Creme-Teig-Fruchtmischmasch zum Mund zu führen und dann auf der Köstlichkeit herumzuschmatzen, meldete sich Udo mit der altbekannten Nachricht: Mein Wahlspruch: Ruhe ist die erste Bürgerpflicht.

Die kleine Familie hält zusammen, ich bin hier der Fremdkörper, und ich genieße es sogar, obwohl die anderen es viel bequemer haben. Ich bin alt, fühle mich aber als die Jüngste von allen, Enkel inklusive. Sie sind komisch, nichts weiter, prägte ich mir ein, damit mir leicht ums Herz bliebe, zum Schreien komisch, also protestierte ich unbekümmert. Waltraud, mit ihrer Bauernschläue Udo oft weit voraus, sagte mit sahnig gesalbter Stimme: Wenn man dich so reden hört, kapiert man, daß du auf den zwielichtigen runtergekommenen Typen mit Alkoholfahne wartest, der eines Tages vor deiner Haustür steht und erklärt: *Ich* bin dein Sohn. Ich und kein anderer.

Solche Anspielungen kommen zwar selten vor, aber wenn, dann ist ihnen irgendwelches Lob von Udos Tugenden vorangegangen, und Waltraud stichelt: Es passiert tatsächlich, daß sie auf Entbindungsstationen Babys vertauschen. Gelegentlich könnte man glauben, daß das bei dir mit Udo und diesem zukünftigen Landstreicher so war.

Aber weil Udo gemütlich mit vollem Mund lacht, lacht auch Waltraud, jetzt wieder an diesem heißen Tag, an dem ich die beiden plötzlich nur noch komisch gefunden hatte. Ich muß das beibehalten. Das macht es entschieden leichter, die Mutter zu sein.

Bill hat ein Bällchen, und das ist rund

Heute nur eine Sorte? Er überblickte ihre knauserige Offerte auf dem Abendessenstisch so gründlich, als rechne er mit einer trickreichen neuen Idee von ihr. Als wärs Ostern und sie hätte irgendwas versteckt. Sie würde gleich *Ich sehe was, was du nicht siehst* mit ihm spielen. Es war doch immer lustig mit ihr. Sie bekam Heimweh nach sich selber, auch nach ihm vor seiner verdammten schrecklichen Absicht. Diesmal wollte er Ernst machen, und schon das öde Frühstück hatte bewiesen, daß er das konnte. Seine Mittagsmahlzeiten entzogen sich ihrer Kontrolle. Was er wünschte, besorgte ihm seine Sekretärin. Sie mochte diese Frau, schon weil sie verheiratet und um die fünfzig war. Eine liebe graue Maus. Bisher hatte sie ihn mit belegten Brötchen und Kaffeegebäck gepäppelt, doch von jetzt an ... Ach, trostlos und kahl glotzten die kommenden Zeiten ihr entgegen.

Und gibts den Rettich heute nicht als Salat? erkundigte er sich. Er sah immer noch wie auf eine Überraschung gefaßt aus.

Dann wäre Öl dran, lautete ihre knappe Auskunft.

Weil er nur Augen für den Eßtisch hatte, bemerkte er ihre Versteinerung nicht. Monoton inventarisierte sie: Eine Fettaustauschmettwurst, Diät-Margarine mit 60% Wasseranteil. Sweet Relish. Das brauchst du nicht anzurühren. Schließlich hast du beschlossen abzunehmen, schloß sie kalt.

Gut gemacht, lobte er sie. Er klang tapfer, als er den Schlußstrich unter die Erwartung gewohnter Verführungskünste und Überrumpelungseinfälle zog.

Bitter eintönig ginge es von nun an hier zu. Ihr ganzes Leben würde sich ändern. Etwas stürbe ab. Nur ihre Sorge nicht. Die Sorge machte sie seit seiner Ankündigung schrecklich nervös. Immerhin hatte sie ein mittleres Martyrium hinter sich. Sie mußte an einen Hurrikan denken, in dessen Auge sie blickte, als er, wiederauferstanden von seinem Drei-Tage-Infekt mit Diarrhöe (sie haßte Diarrhöe, alle diese substantiellen Abgänge!), stolz die Botschaft ausrief: Zwei Kilo sind futsch! Bin fest entschlossen weiterzumachen! Er ahnte nicht, was er anrichtete, als er sie um seriöse Unterstützung bat. So schlimm wie Untreue war es für sie gewesen, das Ende einer Ära, Ehebruch müßte ähnlich sein. Ein eiserner Vorhang senkte sich vor ihr, dahinter verschwand die wohlige Welt ihrer Gemütlichkeitsverwöhnungen. Ihn füttern war gemütlich, und noch viel mehr. Existenzbedingung, so ungefähr. Natürlich verletzte die Nachbarin sie, wenn sie sagte: Er wird fett, oder? Das mußte sie in Kauf nehmen. Die Nachbarin meinte es außerdem solidarisch, weil der Wanst ihres Mannes sie ärgerte und sie ihm *Speck ab* drohte.

Wie fremd ihr das war. Vom Verstand her wußte sie: Ihr Schatz war zu dick. Der Arzt mahnte auch. Mit dem Trieb, ihn zu mästen, schadete sie ihm. Doch das Gefühl widersprach, und ihr Gemütsglück hing von Diätfehlern und Versuchungen ab: Nimm noch, greif zu, das hier ist absolut magerer Schinken, diese Grütze ist mit Fruchtzucker gesüßt. Gut, er entsprach nicht dem Schönheitsideal: Zweck der Übung, ha ha ha! Ihrem entsprach er. Dick war er für jede andere Frau uninteressant, dick gehörte er nur ihr. Er war nicht dick wie andere Männer seines Alters, die einen Schmerbauch auf kümmerlichen Beinen transportierten, andere Männer hatten nur diesen Bauch, dort konzentrierte sich ihre Masse, eins paßte nicht zum andern, oft waren unter vorstehenden Wangenknochen ihre Gesichter sogar eingefallen. Seins blieb über dem zarten Speck jung und ohne

Runzeln, in den Armbeugen bildeten sich liebliche Falten und Grübchen. Das Beste am Sommer war er in Halbärmeln. Sie genoß seine köstlichen molligen Arme. Und in Haus und Garten trug er kurze Hosen, und sie freute sich an seinem guten Bein, stämmig wars, mit wunderschöner Haut, während das böse ... nun, das war der Preis, man konnte nicht alles haben, und trotz des mahnmalhaft krüppligen Beins dachte sie: Mehr als genug von ihm behalte ich fürs Erlaben und die Wonne übrig. Er war ein Riesenbaby, das sie mit Phantasie verkleinerte: Wer dort humpelte, war immer noch ihr Billchen, knapp vorm Überlaufen zum Feind Außenwelt, vor Freundschaften, wie es weiterging, wußte man, nicht mehr lang, und nach den Spielkameraden kamen Mädchen dran, Fortsetzung bekannt und trübsinnig. Nur dick blieb er ihr Billchen aus den stillen Tagen des Kinderreims: »Bill hat ein Bällchen, und das ist rund./Die Mami hat ein Bübchen, das ist gesund.« Er hatte Ball gespielt, damals. Die Straße ruhig, das einzige Auto weit und breit, ihres, stieß rückwärts aus der Garage in den niedlichen Wicht, aber raffiniert. Das böse Bein, sagte er selbst gleich im Sanitätswagen, und nie *das böse Auto* oder *die böse Mami*.

Wo wohnt denn diese Maren? fragte sie ihn, nachdem sie sich wieder einigermaßen in den Griff bekommen hatte. Für seine Verhältnisse war er fast schlank geworden und sah jetzt so alt aus, wie er war, ziemlich alt, und damit auch sie mit ihrem 22-Jahre-Vorsprung. Soeben hatte er kundgetan, er und eine Neue in der Sozietät, diese Maren eben, wollten Bette Davies und Mary Astor zusammen in *The Great Lie* sehen.

Beim Umhersuchen auf dem Stadtplan ging ihr *Bill hat ein Bällchen, und das ist rund* im Kopf herum. Die Straße war schnell gefunden. Ortstermin. Diese Maren mußte vom Parkplatz bis zu ihrem Wohnblock mindestens 300 Meter gehen, nach Feierabend durch die früh einsetzende

Dunkelheit. Und das alles auch noch in einer Sackgasse. *Die Mami hat ein Bübchen, und das wird ganz ganz bald wieder gesund.* Es gab das Glück im Unglück. Ihres war dreiteilig. Erstens Fußweg Parkplatz – Hauseingang. Die Sackgasse zweitens. Von der Nummer drei hing alles ab, hing von ihr selber ab, was auch das Beste war. Denn schließlich war sie immer noch eine sehr geschickte Autofahrerin.

Das Schicksal der kleinen Dolores

Auf das Pärchen mit dem Kind hätte ich bestimmt energisch und nicht wie in Trance reagiert, aber das Mädchen sah wie meine Schwester Dolly als Kind aus, die vor fast drei Jahren gestorben ist, und wer uns gekannt hat, weiß, was das für uns bedeutet. Für mich, und wenn noch so viel Zeit vergeht: das Schlimmste. Für Dolly, weil ich jemand bin, der glauben will: das Beste.

Ich war also keineswegs drüber weg, als es passierte. Außerdem in diesen Augenblicken wie dafür geschaffen, auf Mysteriöses reinzufallen. Denn bevor es an der Haustür klingelte, hatte ich mir endlich einen Ruck gegeben und war gerade damit beschäftigt, Dollys Briefpost aus den beiden letzten Jahren zu lochen und in den Leitzordner Nummer VII zu sortieren, chronologisch; und ihre Briefe, die sie ein halbes Jahr, bevor sie starb, geschrieben und meistens falsch datiert hat, konnte ich kaum auch nur ansehen. Als wären sie eben angekommen, griffen sie mir an Herz und Gurgel, und mein Mund war trocken, ähnlich muß Erwürgtwerden sein. Dollys Schrift erinnerte mit den ameisenhaften Buchstaben an Krabbelspuren, sie konnte die Linie nicht halten, ließ Wörter weg, kriegte die Sätze nicht zu Ende, fing oft irgendwo in der Mitte oder fast unten auf dem Briefbogen an, und dieses Abbild der Verwüstung, die der Oligodendrogliom-Tumor anrichtete, machte mich trostlos und zornig. Als würde sie noch leben, und ich, ohnmächtig, sie noch mit Arzttelephonaten und *meinen* Briefen, kleinen Geschenken und Besuchen aufzumuntern, müßte wieder mit ihr warten. Nichts anderes mehr als Warten. Schwer einzusehen, daß man beim

Sterben anderer plötzlich stört. Trotz aller Liebe. Oder vielleicht deshalb. Bach-Passionen und -Kantaten machten es besser. Gelesen hat sie nicht mehr.

Wir werden für alles Erdenelend entschädigt, sage ich mir immer beim Zusammenstoß mit den kränkenden, ungerechten irdischen Zumutungen und Widerwärtigkeiten, ohne die es im Lauf eines Lebens nicht abgeht, und weil das bei mir, verglichen mit Dollys Kreuz, doch nur Bagatellen sind, die aber einst trotzdem vergolten werden, muß es für Dolly im endlich göttlich gerechten Himmelreich die tausendfach schönere Belohnung geben. Und dieser Gedanke erlöst mich ein wenig oder schon mehr als nur ein wenig.

Ehe ich die Haustür öffne, spähe ich aus dem Dielenfenster und benutze die Gegensprechanlage. Ich wohne am Schnittpunkt Kantweg und Im Pilgerrain, angrenzend an Landschaft. Alle Häuser auf dem Philosophenhügel sind, so gut es geht, gesichert. Unser Viertel gilt als exklusiv. Die Straßen sind unbelebt. Es ist keine besonders gefährliche Gegend, noch ist nichts passiert, aber man weiß nie. Die kleine Gruppe an meinem Gartentor, das Pärchen mit dem Mädchen, das wie Dolly aussieht, machte einen illegalen Eindruck. Merkwürdig, sogar das Kind, obwohl es neben dem Pärchen verfeinert und delikat wirkte. Mit ihm hatte ich schon einmal gesprochen, mit der Frau ebenfalls, aber es war ein Monolog gewesen. Das Kind immerhin antwortete mir mit verstärktem Lächeln, dessen Zutraulichkeit mich ja überhaupt erst zum Sprechen bewogen hatte; die Frau reagierte mit nichts oder: mit zugekniffenen Augen. Sah so aus, als wäre ich verdächtig. Vom Gestrüpp vorm Pfadfinderheim aus beobachtete die Frau das Kind an der Böschung auf der anderen Straßenseite. Die Szene erinnerte an Hundehaltung. Der Mensch läßt sein Tier mal kurz vor die Tür und wartet, bis es genug hat.

Vor knapp anderthalb Jahren wurde das Pfadfinderheim geräumt, der architektonische Fremdkörper unten am Pilgerrain, das zwielichtige Leute als Zwischenstation angezogen hatte. Wir vom Philosophenhügel hofften, das Bauamt – mehrfach alarmiert von Frau Goetz, der nächsten Nachbarin im ersten richtigen Haus des Pilgerrains – würde sich endlich einschalten und prüfen, was mit dem verwilderten Anwesen und dem verrottenden barackenartigen Gebäude, gewiß einem Schwarzbau, geschehen solle. Das Bauamt hat bis heute nichts unternommen. Aber von Frau Goetz erfuhr ich, ein Mißtrauen erregendes jüngeres Pärchen mit kleinem Kind hätte sich dort eingenistet, meistens würden sie nur einen, oft auch gar keinen der Fensterläden öffnen, was sie sofort dem Bauamt gemeldet habe: Die Reaktion *Wir kümmern uns drum* bisher so folgenlos wie alle früheren.

Vielleicht waren die Leute ganz passabel, denn ich fand, ihr Kind war es, die kleine Tochter, aber vielleicht empfand ich es auch nur so, weil ich an Kinderphotos von Dolly denken mußte. Daß die drei sich selten blicken ließen, wirkte schon für sich genommen problematisch. Täglich komme ich dort vorbei, wenn ich Hegel ausführe. (Ich habe Kant eigentlich lieber, aber im Kantweg wohnen und dann auch noch den Hund Kant nennen, schien mir übertrieben. Als Dolly in ihrem letzten Jahr unterm Walkman im Musikrausch, leider aber unberauscht, vor sich hin starb, den Tod im Visier beim Blick auf See und Himmel, habe ich nachgeforscht, was ich ihr über Gott, Unsterblichkeit, Glauben von all diesen hochprozentig gescheiten und vor ihr gestorbenen großen Denkern ausrichten könnte, und dabei hat Kant mir besonders imponiert. Hegel hat weniger gut abgeschnitten, aber das könnte auch an meiner Bibliothek liegen. Mein eigener kleiner Hegel mit seinem lustigen Gesicht nützt mir hingegen sehr. Ich brauche ihn, um beim Beobachten eines Lebewesens, das ich gern habe, das Fehlen der Langeweile und der Todesangst zu genießen, dieses gedankenlose Vertrauen ohne Kalender. Kleine Kinder sind auch so.)

Die kurze Straße Im Pilgerrain ist nur auf der westlichen Straßenseite bebaut: das Heim, die drei Villen. Sie mündet im Süden in die verkehrsreiche Erlengrundstraße, die ruhig wäre, würde sie nicht von Ferntransport-Lastzügen und Personenwagen als Verbindung zwischen zwei Autobahnen mißbraucht. Die fahren zwischen den großen Nord-Süd-Straßen einfach quer rüber und zwängen sich dann durch die Innenstadt. Ein hoher Baumwall schützt den Philosophenhügel vor dem Verkehrslärm. Im spitzen Winkel zur Einfahrt in die Erlengrundstraße und die hügelan verlaufende Straße Im Pilgerrain führt der Klosterwiesenweg unmittelbar in die bäuerliche Zone der Gersten-, Zuckerrüben- und Bienenweidefelder; wir hier wohnen schon ziemlich ideal.

Für die Beschwerde beim Bauamt hatte ich mich nicht weiter interessiert. Aber das kleine Mädchen, das hat mich sofort interessiert. Es stand auf der Böschung, die Frau sah ihm stumm zu bei eigentlich gar nichts, sie reagierte auch nicht, als ich *er ist lieb* rief und Hegel meinte, der in seiner heiteren Art, und genauso zutraulich wie das Kind, herumschnüffelte, vielleicht ein bißchen spielen wollte, und daß das Kind sich nicht fürchtete, erinnerte mich auch an Dolly. Ich bin stehengeblieben, das Kind hat mich wie selbstverständlich angelacht, manche Kinder tun das, und es rührt mich jedesmal. Wenn das Kind älter wird, ist es nach den üblichen unvermeidlichen schlechten Erfahrungen für immer mit der naiven Zuversicht, die solch ein Lächeln voraussetzt, aus und vorbei. Ich lächle grundsätzlich zurück, sage oft auch irgendeine Kleinigkeit, durch die das Kind sich bestätigt fühlt. Man weiß ja, ein Kindergehirn steht von morgens bis abends unter Streß, arbeitet und arbeitet, lernt pausenlos, und noch der unscheinbarste kleinste Eindruck zählt. Damals also habe ich *Hegel!* gerufen und zurückgelacht. Genau weiß ich, daß ich zu der Frau vor dem Pfadfinderheim rief: Sie sieht wundervoll aus! Sie erinnert mich an meine Schwester, an Kinderphotos von ihr. (Gab womöglich damit ich selber dem Pärchen den Tip, der mich in den ganzen Schlamassel reinzog? Fragen, die man sich hinterher stellt. Doch hatte ich ja nichts von Tod und Kummer verraten. Und so spontan entsteht kein Plan wie dieser, er war ausgereift, sie mußten gründlich über ihm gegrübelt haben.)

Die junge Frau im ärmellosen Kittel, Lockenwickler da und dort im hellblonden Haar, hat mich steinern angesehen und ist stumm geblieben, und ich habe zu dem Mädchen *Machs gut* gesagt, und der lustige Hegel hat sich dreimal um sich gedreht und dann unschlüssig und auch nur halb das Bein für nichts Wesentliches gehoben: Sein Gruß an die kleine Freundin war es trotzdem. Zu Haus hätte ich mir beinah das Album mit der Aufschrift *Kindheit I* aus der Truhe geholt, hauptsächlich zeigt es die zwei- bis fünfjährige Dolly; aber ich wurde plötzlich furchtsam. Ich würde wieder *Wozu das alles?* denken müssen; wir entwickeln Individualität, wir haben Vorlieben und lernen, bei Dolly war es das Cello, warum hat sie es so weit gebracht, die irrtümliche Gewißheit, das Üben sei sinnvoll, wir werden charakteristisch und am schlimmsten: wir müssen uns lieben, absolut unfreiwillig.

Statt so zu denken, überhaupt zu denken, hatte ich mir vorgenommen, es einfach bloß mechanisch zu *tun*, als mich das Klingeln an der Haustür beim Briefpost-Einordnen unterbrach und ich durchs Dielenfenster das Pärchen mit dem kleinen Mädchen am Gartentor erspähte. Die seltsame junge Frau trug wieder ein kittelartiges Kleid ohne Ärmel, in verwaschenen Farben blumig gemustert. Ihr Mann sah düster mißtrauisch aus, er war schlank und dunkelhaarig, hatte dunkle Haut und trug Jeans mit reingestopftem kariertem Hemd. Das kleine Mädchen hatten sie fein ausstaffiert, es steckte nicht in Hosen wie kleine Mädchen heute, sondern sein ebenfalls geblümtes Kleid reichte über die Knie, und die kleinen runden Beine erinnerten an zwei Brezelhälften. Die Erwachsenen blickten ernst, der Mann besonders, er fixierte seine Schuhe oder sonstwas am Boden, aber das Kind war heiter und wollte den beiden ein abgerissenes Blatt zeigen. Ich mußte wieder an den Streß im Kindergehirn denken und daran, daß jeder Eindruck zählt, weshalb ich mir vornahm, freundlich zu klingen: Ja? Worum geht es?

Wir möchten Ihnen kurz etwas abgeben und erklären, warum und wieso, sagte die Frau.

Könnten Sie das bitte durch die Sprechanlage tun? Das Dumme ist nämlich, ich bin im Wettlauf mit der Zeit, ich muß ...

Es dauert nicht lang, und etwas abgeben müssen wir ja auch noch. Die Frau klang keineswegs unterwürfig, sie klang wie immun gegen Widerstand und hatte damit nichts von einer Bittstellerin.

Sie könnten es in den Briefkasten werfen. Um des kleinen Mädchens willen blieb ich freundlich.

Tut mir leid, es ist zu groß. Man kann es nirgendwo deponieren.

Der Mann sagte etwas zur Frau, das ich nicht verstehen konnte, es sah so aus, als dränge er sie zum Strategiewechsel. Und wieder, um das Kind nicht zu enttäuschen (oder wollte ich den guten Eindruck von mir um meinetwillen?), ließ ich sie ins Haus. Ich rechnete damit, daß sie brav in der Diele bleiben würden, aber die Frau schritt voraus, und schon saßen sie in meiner Sesselgruppe, das Mädchen probierte jedes der drei Kissenpolster auf dem Ledersofa aus, etwas hopsend, was zum Glück Hegel, der den Mann angekläfft hatte, ablenkte und in Spiellaune versetzte.

Hätten Sie bitte eine Limo für die Kleine? fragte die Frau. Oh, tut mir leid! Ich wendete mich zu dem Mädchen, es krauste sich durch Hegels ockergelbe Nackenhaare. Stell dir nur vor, so was Schönes wie Limonade habe ich nicht. Was für ein Pech, stimmts?

Das Mädchen lächelte ein bißchen schüchterner, sah mich erstaunt an und schüttelte den Kopf.

Dann geben Sie ihr Milch. Sie hat gern welche mit Schokoquick und viel Zucker drin, sagte die junge Frau.

Diesmal ging mir die Unverschämtheit ihrer Bestellung zu weit; ich erinnerte sie an meine angebliche Zeitnot, blickte aber dabei das Mädchen an, das dem unsteten quirligen Hegel vorübergehend langweilig geworden war, und sagte zu ihm, eine offene Packung mit italienischen Nougatplätzchen in der ausgestreckten Hand: Aber das hier ist ja noch viel besser. Und den Mann, der mittlerweile in meiner New Geographical blätterte, Amy in Tempe/Arizona hat sie für mich abonniert, knurrte Hegel an, der beunruhigt durchs Zimmer strich. Die Frau sagte: Wir haben von Ihrem schweren Verlust vor ungefähr drei Jahren gehört, vom Tod Ihrer über alles geliebten Schwester.

Mir paßte das nicht, schon ganz und gar nicht ihr großspuriger Ton, und ich brachte nur ein *Ach was* und dann immerhin *Und woher denn gehört?* heraus. Die Frau redete einfach weiter. Und die Kleine haben wir sofort in Dolly umbenannt, als wir sie endlich übernommen hatten, und sie ist auch ungefähr drei, ein bißchen älter, so um die Zeitspanne älter, in der Ihre Schwester schon nicht mehr ganz unter uns Lebenden weilte, und insofern paßt alles ganz genau.

Ich verstehe kein Wort, und eilig hab ichs wirklich, sagte ich. Ich bekam wieder den trockenen Mund, die trockene Kehle, und mein Herz hatte nicht mehr genug Platz – ganz wie vorhin beim Blick auf Dollys Briefe. Trotzdem, ich stand nicht auf, um dem Pärchen das Signal zu geben, sich aus dem Staub zu machen. Längst hielt ich sie für übergeschnappt und bekam auch recht: Je von Wiedergeburt gehört? fragte die Frau.

Natürlich, aber ich persönlich habe nichts damit am Hut. Und mich warnte ich: Schaff sie aus dem Haus.

Egal, wie Sie dazu stehen, aber das hier *ist* ein Fall von Wiedergeburt. Wie sie da sitzt, ist sie Ihr kleines Schwesterchen. Sie können sich wirklich freuen. Uns wird die Trennung schwerfallen, aber was sein muß, muß sein. Vor der Blutsverwandtschaft haben wir Respekt, steht ganz obenan in der Kirche, wenn es um Wiedergeburt geht.

Der Mann schmiß mein New Geographical zurück auf die Marmorplatte des niedrigen Couchtischs und gähnte. Das kleine Mädchen schaute sich die Nougatplätzchen nur an, dann sah sie zu mir hin. Dolly II.? Was für eine verrückte Idee! In ihrem Gesicht irritierte mich etwas Raffiniertes. Aber lächelte sie nicht nach Spielkamerädchenart? An Dolly in diesem Alter konnte ich mich nicht erinnern, ich war ja die zwei Jahre Jüngere. Doch auf Photos sah sie diesem Mädchen auf meinem Ledersofa zum Verwechseln ähnlich. Ich wußte, es war hirnverbrannt, aber ich spürte ein Kindheitsflair und daß sie darin jetzt mitten in einem kleinen Streit *ätsch!* machte, sie, *meine* Dolly, die mich nie reingelegt, immer beschützt hat.

Sie ist nicht Ihre Tochter?

Ist sie nicht.

Wer sind denn die Eltern, und warum ist sie nicht bei denen?

Später. Spielt aber auch keine Rolle, sie ist *Ihre* Dolly. Der Abschied fällt mir nicht leicht, nur, er muß sein. Sie bekommen Ihre Schwester zurück, wenn auch diesmal ... nun, diesmal könnte sie Ihre Enkelin sein. Nach allen Regeln der Wiedergeburtslehre gehört sie Ihnen.

Die Frau war nicht zu unterbrechen, obwohl ich dauernd protestierte. Beispielsweise könne ich mich glücklich schätzen, denn in den allerseltensten Fällen gelinge die Familienzusammenführung. Und auch die Wiedergeburt als die Person, die man im vorausgegangenen Leben gewesen war, sei die große Ausnahme, sie würde als Auszeichnung betrachtet. Weil der Mensch so oft auf die Erde zurückkehrt, sagte die Frau, bis er immer besser gelernt hat, ein guter Mensch zu sein. Und Ihre Schwester muß wohl nah am Ziel sein. Sie wurde als die, die sie war, wiedergeboren. Sie seufzte. Tut mir wirklich leid, sie abzugeben, sie ist ein angenehmes Kind. Andererseits stehen auch mein Mann und ich gut da, wir haben die Sache aufgedeckt. Oh, lieber Himmel, ich mach gern andere Menschen glücklich.

Das machen Sie aber nicht, nicht mich. Im Gegenteil. Ich kann mir das ganze Kauderwelsch keine Minute länger anhören, ich …

Mein Mann läßt sie leichter gehen als ich, er hat ein Trauma oder so was, einen psychischen Schaden, weil seine Mutter ihn wegmachen lassen wollte. Wenn wir seine Mutter besuchen, bis heute erzählt sie jedesmal die gräßliche blutige Geschichte.

Ich war aufgestanden, aber das half nichts. Meine Gäste blieben sitzen. Hegel schlief auf seinem Lieblingsteppich halb unter dem Flügel. Zu dem kleinen Mädchen sah ich jetzt lieber nicht mehr hin, schwer zu erklären, warum. Immerhin sagte die Frau: Lang bleiben wir nicht mehr, und wir lassen sie am besten gleich mal da, zum Drangewöhnen. Gegen sechs holen wir sie wieder ab, es sei denn, sie will schon hier übernachten. Ihr Koffer steht gepackt bei uns. Mein Mann würde ihn dann bringen.

Das ist doch alles ganz und gar verrückt, sagte ich. Wieder dem Kindergehirn zuliebe dämpfte ich meinen Zorn. Ich hab doch gleich gesagt, ich muß bald weg …

Sie werden Ihre Pläne ändern. Das war zum ersten Mal der Mann, er erhob sich, er streckte sich, benahm sich, als wäre er bei mir zu Hause. Gab er sich bloß keine Mühe, höflich zu sein, oder wollte er mich provozieren? Das kleine Mädchen stand auch auf, trappelte zum Flügel. Hingeblickt habe ich nicht und doch sein schüchtern fragendes Gesicht vor mir gesehen; bestimmt wollte es von mir hören: Mach ihn ruhig auf, den Deckel über den Tasten, und spiel was, versuchs mal.

Das Kind muß sofort zu seinen Eltern zurück, sagte ich. Oder stecken die mit Ihnen unter einer Decke? Sind die auch in dieser Sekte?

Die Frau antwortete indirekt, wie auf einem Nebengleis: Unsere Tochter ist sie nicht, aber wir haben Erfahrung mit Vorgängen wie diesem und ebenso mit Kindern. Zuletzt haben wir einen Säugling bei einer siebzigjährigen Witwe abgeliefert. Sie hatte ein Recht auf ihn, er war ihr Mann. Wir wissen nicht, was draus geworden ist, aber daß wir korrekt gehandelt hatten, das wissen wir. Wir haben einen Draht zu Buddha und die Kleine hier als Ihre Schwester erkannt, und nun müssen Sie nicht mehr um Ihre Schwester trauern. Alles in Butter.

Die Frau hatte sich eine Zigarette angezündet, und ich rief: Alles kriminell. Das ist Kidnapping und kein Buddhismus oder sonstwas. Ich werde jetzt am besten die Polizei anrufen.

Das werden Sie nicht tun. Der Mann gähnte und sagte *Mach schon* und *Gib mir auch eine* zu seiner Frau, die ihm die Packung hinstreckte und *pschscht!* sagte, und mich wunderte, während ich *Das ist außerdem Hausfriedensbruch* sagte, daß die Frau keine Angst vor dem Mann hatte. Er kam mir vor wie einer, vor dem verprügelte Frauen in Frauenhäuser flüchten. Wir müssen kein schlechtes Gewissen haben, sagte sie.

Sie brechen das Gesetz, sagte ich. Vom Flügel her kam in diesem Moment ein zaghaft angeschlagener Ton, dann ein höherer, danach ein sehr tiefer vom Ende der Klaviatur:

Das Kind hatte Mut gefaßt. Für mich bedeutete das mitten in meiner Empörung Trauer und Ratlosigkeit, zum andern lenkte es meine Strategie um. Ohne dem Kind zu schaden, aber das würde ich zweifellos nicht, denn bei dem Verbrecher-Pärchen war es schlecht aufgehoben, ging es jetzt vor allem darum, diese Fremden aus dem Haus zu schaffen. Es war besser, nicht weiter gegen sie zu argumentieren. Die zwei waren nicht nur Erpresser, Lösegeldforderer, denn darauf liefe die ganze Geschichte doch vermutlich hinaus, zuallererst waren sie geisteskrank, vernebelt. Besser für mich, vielleicht auch für das Kind (bis auf weiteres, ich würde mich mit Freunden beraten, und dem Kind wäre geholfen, redete ich mir ein), behutsamer mit ihnen umzugehen. Ich würde ein bißchen Theater spielen müssen. Vor hatte ich nichts, aber keine Minute länger Geduld, und ihre Anwesenheit zwischen meinen Sachen ekelte mich. Die Frau hatte von den irregeleiteten Gesetzen der Ungläubigen und für die Ungläubigen geredet, und der Mann, der runtergefallene Asche auf meinem Buchara zertrat, klang drohend: Nix Polizei. Das könnte eng für Sie werden.

Wir sind bestens vorbereitet, ergänzte die Frau. Sie würden die Verdächtige sein, man würde Sie festnehmen und einsperren. Wir wären es, die Anzeige erstatteten. Wissen Sie, wir riskieren eine Menge, die Ungläubigen tun uns trotzdem leid, denn alles, was zählt, entgeht ihnen. Wir tun das für Sie aus Mitgefühl, aber wenns drauf ankommt, müssen wir uns schon unserer Haut wehren. Nein, nicht uns wird man in den Knast stecken, das ist uns nur einmal passiert, als wir Anfänger waren, o nein, Sie werden das sein, die hinter Gittern sitzt.

Okay okay, sagte der Mann, ist ja egal, ob sie es schnallt oder nicht, es läuft nun mal drauf raus, daß dann Sie es sind, die das Kind geraubt hat.

Um meiner neuen Strategie willen verschluckte ich mich fast an meinem Wutanfall plus Rebellion gegen all den brutalen Schwachsinn, den sie mir auftischten, sagte so vorsichtig wie möglich: Ich schlage vor, daß Sie jetzt Ihre Besorgung machen, das Kind bleibt hier, ich sage meine Verabredung ab, ich lasse mir alles durch den Kopf gehen, und dann ...

Und wer versichert uns, daß Sie, kaum daß wir abgehauen sind, nicht doch die Polizei einschalten, nein nein, so rum wird kein Schuh draus, sagte der Mann.

Ich versichere es Ihnen. Ich erwähnte, und es entsprach der Wahrheit, daß ich Krimi-Liebhaberin sei, Kriminalromane, Kriminalfilme, und schon deshalb nicht unerfahren. Ich weiß, wie gefährlich es wird, wenn die Betroffenen ihr Versprechen brechen und die Polizei alarmieren. Wirklich, ich lasse es mir durch den Kopf gehen. Übrigens habe ich eine Freundin in Burbank, California, die glaubt auch an Wiedergeburt, sie besucht regelmäßig Swami-Kurse, und das, obwohl sie einen so anspruchsvollen Beruf hat wie den einer Brokerin. Und das gibt mir zu denken. Wirklich. Es könnte ja doch was dran sein.

Während ich so diplomatisch daherredete, schämte ich mich vor irgendwas. Unsichtbare Zuhörer lachten mich aus.

Und ob was dran ist, darauf können Sie wetten. Schon klang der Mann weniger bedrohlich, und die Frau sagte zu ihm (o Wunder, sie wühlte sich aus dem Sessel, zerrte an ihrem zerknitterten Kittel, schubste ihre hellblonden Locken zurecht!): Sie fängt wohl an, den Geist ihrer Schwester zu spüren. Ich glaube, wir können sie so allmählich alleinlassen, die zwei.

Das können Sie! Ich bezwang meine Stimme, um nicht durch Übereifer den kaum eingeschläferten Argwohn aufzuwecken. Ich komme zu meinem eigenen Erstaunen irgendwie der Sache näher, obwohl, es ist und bleibt ein Geheimnis ... wie konnten Sie ahnen, daß dieses Kind meiner Schwester ähnlich sieht! Das müßte mich ja wohl überzeugen. O ja, Sie können uns allein lassen.

Auf so was wie Ähnlichkeiten sind wir nicht angewiesen, wir erfahren Fälle von Wiedergeburt auf andere Weise, sagte die Frau, und auch, daß nebenbei ich selber es gewesen sei, die ihr neulich über die Straße hinweg etwas von Ähnlichkeit mit Kinderphotos meiner Schwester zugerufen habe. Sie drehte sich zu dem Kind um und rief: Und du wirst schön brav sein. Hör auf mit dem Quatsch.

Ich wollte wissen, was das für ein *Quatsch* war, und schaute nach dem Mädchen. Es kauerte vor dem tief schlafenden Hegel, und ehe es mein Blick traf, wandte es sich ab. Aber ich hatte es gerade noch entdeckt: Es weinte.

Nun setzt zwar Kinderkummer mir immer zu, ich empfinde so etwas wie Existenzverzweiflung beim Anblick von unglücklichen Kindern, Kindertränen, von Erwachsenen verschuldet. Was tun Menschen einander an! Es ist abstoßend, es ist ekelerregend. Gut, diese Gefühle angesichts dieser kleinen Erdbeben – um wieder eine Verläßlichkeit ärmer, um wieder einer für sicher gehaltenen Geborgenheit beraubt –, die habe ich bei jedem Kind, das ich derart verloren und enttäuscht sehe. Aber bei diesem kleinen Mädchen hier, das mit seiner dunklen Vorgeschichte in der Obhut eines nichtswürdigen, geistesgestörten und kriminellen Pärchens war, bei ihm litt ich hundertmal mehr. Das Seltsame war, ich genierte mich vor dem Mädchen beim Trösten. Völlig verrückt (hatten sie mich angesteckt?), aber ich fühlte mich von meiner Schwester beobachtet. Ich stand wieder auf und wandte mich an die Kidnapperin: Will es nicht doch lieber mit Ihnen gehen?

Halt ich für unwahrscheinlich. Wissen Sie, mein Mann, und das kommt alles noch davon, daß seine Mutter ihn wegmachen lassen wollte, ich meine, er kann plötzlich brutal werden, und ich glaub nicht, daß Kindern so was gefällt, und diese Kleine hier, Ihre heißgeliebte Schwester, ist eine ganz Brave und hatte es auch nie verdient, wenn er auf sie losgehen wollte, und ich habe das immer noch rechtzeitig verhindern können, aber andererseits, viel Kontakt habe auch ich nicht zu ihr gekriegt ...

Dann hat sie Heimweh nach ihren Eltern. Zu dumm, daß ich jetzt erst drauf komme. Sie muß ja Heimweh haben. Und Angst.

Das schon mal gar nicht. Hat nur öfter plötzlich mal ein Weilchen geweint.

Und wenn sie jetzt weint, der Mann schaltete sich ein, dann kommts von Ihrem Gezeter. Sie spürt, daß Sie sie nicht wollen. Die eigene Schwester nicht wollen. Wer würde da nicht losflennen, he?

Dann haben sie einander *Los jetzt* und *Ab dafür* und dem Kind *Benimm dich* zugerufen und mir, daß sie keinen Dank erwarteten, und *Viel Spaß noch*. Und ich habe mich wieder vor das Kind gekniet, wobei mir mein Knie wegen der Arthritis weh tat, und zu ihm *Ich will dich doch* gesagt, nachdem die Gauner die Haustür zugeknallt hatten. In meiner Erleichterung war ich bedrückt und ratlos; wie ginge das weiter? Und absonderlich: Meine dominierende Empfindung war die der Peinlichkeit. Natürlich hatte ich dem Pärchen nur nach dem Mund geredet, schneller gelogen, als ich denken konnte, und trotzdem: Das Kind war nicht irgendein Kind, nun nicht mehr. Was auch dahintersteckte, Raub oder daß die zwei das Kind, doch ihr eigenes?, lossein wollten, oder hatten sie einen Trick ausgebrütet, um dann später mich und nicht die Eltern zu erpressen? Mich ans Messer zu liefern, durch welche Lügen auch immer ... was sie auch gegen mich im Schilde führten, und obwohl ich keine Sekunde an ihr Wiedergeburtsgeschwafel glaubte – ich bin einfach nicht der Typ dafür –, dieses kleine, jetzt rätselhaft enttäuschte Mädchen, es war nicht mehr ganz nur es selber. Dennoch fragte ich mich, mein Nervenzustand schwankte zwischen Trance und hellwacher Nervosität, mitten in den Überlegungen, welche nun die beste Taktik sei: Wie, bei wem, durch welche Kanäle hatten sie in Sachen Dolly ermittelt, von Krankheit, langsamem Sterben, Todestraurigkeit erfahren? Von ihren eigenen Gesetzen und Drähten hatte die Frau salbadert.

Bei meinen Versuchen, mit dem Mädchen zu spielen, wobei Hegel sein unergiebiges Bestes gab, mir zu helfen, war ich zerstreut, ungeschickt und unentwegt peinlich berührt. Ich glaube zum Schutz der Toten nicht daran, daß sie sich noch um uns kümmern, uns beobachten, denn dann wären sie nicht wirklich endlich in Freiheit, die es nur ohne Sorgen und Bemitleiden gibt; sie besäßen nicht den von Grund auf wahren Glücksstatus, der den Namen Freiheit verdient. Also würde es meiner Dolly (ich dachte doch wahrhaftig: Dolly I.!) überhaupt nichts ausmachen, wenn ich ihre Puppen benutzte, ich habe sie nach ihrem Tod übernommen, und sie sitzen zwischen meinen oben im Regal neben Nachschlagwerken und Baedekern oder auf den Kriminalromanen, von wo aus sie den besten Blick übers Zimmer bis zu den beiden Fenstern haben, sie können jederzeit den Himmel betrachten. Doch irgendwas, aber garantiert nicht der Wiedergeburtshokuspokus, hinderte mich daran, auf die Puppen auch nur hinzuweisen. Mir fiel ein altes Kaleidoskop ein. Nicht lang, und das Kind legte es aus seiner bewundernswerten Patschhand.

Weißt du was, ich brauche jetzt ganz dringend meinen Tee. Und du trinkst gern Milch? Mit Schokolade und viel Zucker?

Das Mädchen schüttelte den Kopf; daß auch ich mir etwas zum Tee genehmigen würde, einen guten Schuß Arrak, stimmte es nicht um. Es war nicht neugierig. Als es *Ich muß mal* sagte, fiel mir auf, wie lang es stumm gewesen war.

Das kannst du doch sicher allein, komm mit, ich zeig dir, wo es ist, sagte ich.

Nein, widersprach sie.

Was: nein? Du mußt doch nicht?

Sie schüttelte den Kopf und brabbelte einen schwerverständlichen Satz, nur soviel war klar: Sie mußte mal, und dabei brauchte sie mich. Peinlich war schon alles Bisherige gewesen, sie zu trösten, mit ihr zu spielen, einfallslos, wie ich war, aber ihr auf dem WC zu helfen, kostete mich Überwindung. Ihr kleiner erhitzter Körper war so wundervoll, und sie genierte sich überhaupt nicht. Wäre sie Dolly II., dürfte ich sie nicht einmal anrühren, dachte ich und gleichzeitig: Unsinn! Wird ja wohl von all der vorausgegangenen Aufregung kommen, und die hält ja noch an, du mußt etwas unternehmen, und zwar dringend. Schick sie in den Garten, damit du, ohne daß sie es hört, die Polizei endlich anrufen kannst.

Du hast Heimweh nach deinen Eltern? Nein? Aber deine Eltern machen sich schreckliche Sorgen um dich, wir müssen ihnen jetzt ganz schnell eine Nachricht zukommen lassen. Geh ein bißchen mit Hegel in den Garten, er mag am liebsten die Hängematte ...

Ich erinnere mich nicht gern an diesen Nachmittag, sagte ich später zu allen, denen ich davon erzählte, eine sorgfältig ausgewählte und nicht sehr große Runde aus meinem umfangreichen Freundeskreis. Frau Goetz beispielsweise, eine Freundin ist sie nicht, aber ich stehe gut mit ihr, wir bereden Anliegerangelegenheiten – schlechter werdenden Postservice, nicht immer zuverlässige Müll- und Biotonnenleerung, Obst- und Gemüsewagen, *Väterchen-Frost*-Heimdienst und gesundheitliche Probleme als Folge eines Zeckenbisses in der rechten Achselhöhle von Frau Goetz –, also Frau Goetz, beste Kennerin sämtlicher Klatschgeschichten auf unserem Hügel und meine erste Berichterstatterin in Sachen Pfadfinderheim, hörte von mir nur eine Kurzfassung, in der ich meine Gefühle auf die ihr begreiflichen und ihr vernünftig erscheinenden reduzierte. So ließ ich auch weg, daß mir der zweite Teil des Nachmittags, mein Alleinsein mit dem kleinen Mädchen und mit Hegel als der kompliziertere zugesetzt hat, und so wird es bleiben, ich kann mir nicht vorstellen, das liebe, wechselnde Stimmungen offenbarende Dolly-Gesichtchen je wieder loszuwerden und damit: meine Ergriffenheit, mein schlechtes Gewissen. Weil das Mädchen nicht in den Garten zu locken war (wir sind, als sie nicht von mir wich, zusammen bis zur Hängematte gegangen, ich besiegte mein Schamgefühl und hob sie hinein: wie leicht, wie warm) und hinter mir her zurück ins Haus lief, mußte ich in ihrer Gesellschaft telephonieren. Aber ich habe ihr vorher erklärt, worum es gehen würde. (Zu ihrem Besten, um ihre Eltern endlich von der Angst um sie zu erlösen; ob sie Geschwister hat, blieb offen ... all der übliche Überredungseifer, und mein Leben lang werde ich mich jetzt fragen müssen, warum sie kein einziges Mal überzeugt ausgesehen hat, kein einziges Mal auf die naiv-zutrauliche Art wie bei unserer ersten Begegnung Im Pilgerrain lächelte ...)

Die Polizistin war nett, sagte ich mir, als Dolores weg war. Aber sie hat ihre Hand wieder aus der Hand der Polizistin gezogen, ging langsamer als diese zum Auto, und bevor sie einstieg, gab sie mir schließlich die Hand, niemand hatte sie dazu aufgefordert, und nun hatte sie wieder diesen verständigen, aber auch enttäuschten Ausdruck, gemildert durch ein Lächeln, das nicht spielkamerädchenhaft, nur höflich war.

Ich tue, was ich kann, sagte ich zu Berthold am Telephon, aber diesen Ausdruck werde ich einfach nicht mehr los. Er hat sich festgesetzt, in meiner Seele, nehme ich an.

Ist ja auch schwer zu verstehen, sagte Berthold, sie kannte dich so gut wie gar nicht, schien aber bei dir bleiben zu wollen. Noch schwerer zu verstehen fanden er und alle anderen, daß ich überhaupt nichts von den Suchmeldungen mitbekommen hatte. In diesen Sommertagen habe ich die Zeitungen nur flüchtig gelesen, kein Radio gehört und nur englischsprachige Nachrichten gesehen, erklärte ich, und daß ichs eilig damit hätte, mein Englisch aufzubessern. Und wenn ich zu meinen Selbstanklagen zurückkehrte, trösteten die Freunde mich: Nach dem Schrecklichen, das sie mitgemacht hat, war sie eingeschüchtert.

Aber bei mir erst kriegte sie mit, daß ich sie nicht haben wollte. Was für eine Enttäuschung!

Aber nein, beschwichtigte man mich. In diesem Alter, zum Glück, braucht eine grausame Erfahrung wie ihre noch keine prägenden Spuren zu hinterlassen. Sie wird darüber wegkommen. Vergiß nicht, du hast sie gerettet.

Ich erfuhr, wie gut im Gegensatz zu mir meine kleine Freundeskreis-Elite über das Kidnapping-Drama informiert war. Tagelang war es Abend für Abend unter dem Titel *Das Schicksal der kleinen Dolores* in den TV-Nachrichten aufgetaucht. Lösegeld war zu keinem Zeitpunkt gefordert worden, was die Lage erst recht mysteriös machte. Dolores war, solang sie von dem Pärchen im Pfadfinderheim versteckt wurde, einfach nur verschwunden. Somit befürchtete man, sie sei das Opfer eines Triebverbrechers geworden und vielleicht nicht mehr am Leben. Nicht einmal die wachsame Frau Goetz hatte die zwielichtige kleine Familie mit der Suchmeldung in Verbindung gebracht, zu stark fixiert war sie auf asoziale Eltern mit Kind.

Auf CNN war das Delikt nie aufgetaucht. Ich sehe CNN, auch BBC, um meiner Bequemlichkeit zum Trotz endlich mit renoviertem Englisch den Einladungen diverser Freunde in den USA zu folgen. Noch nicht geübt: acht bis zehn Flugstunden nicht zu rauchen. Kann sein, daß ich auch mal zwischendurch deutsche Nachrichten sah, die Meldung aber verdöst habe, denn beim Fernsehen bekomme ich kurze Schlafanfälle.

Am Abend des Tages, an dem ich zum ersten Mal in meinem Leben in ein kriminelles Geflecht aus Ungereimtheiten gezerrt wurde und mich daraus mit einem Anruf bei der Polizei befreite, verpaßte ich die ersten beiden deutschen Hauptnachrichtensendungen, weil kaum nach Beginn der ersten meine chaotisch durch die Zeit huschende Freundin Edith anrief, und kurz bevor die zweite anfing, jaulte Hegel, mit dem irgendwas nicht stimmte; ich mußte mich um ihn, der dann auf der Straße ein bißchen ins Gebüsch gekotzt hat, kümmern, er machte einen erbarmungswürdigen Eindruck.

Später im *Journal* hörte ich endlich, untermalt von Hegels kleinem Glücksgebell (ich glaube daran, daß er teilnimmt): »Glückliches Ende einer Kindesentführung. Die kleine Dolores wird bald wieder bei ihren überglücklichen Eltern sein. Nach den Torturen der tagelangen Geiselnahme kann sie sich wohlbehalten und ohne daß Lösegeld gezahlt wurde, in der aufatmenden Familie erholen. Die Eltern, weit entfernt bei den Papuas im Urlaub, ahnten nichts von der Not ihres Lieblings.« Hatte ich zu spät eingeschaltet? Nichts über das Entführerpärchen.

Schon am nächsten Tag in der Nachtausgabe zeigte man »das gute Ende der bösen Geschichte«: Kommentar des Reporters. Niemand in der zum Standbild eingefrorenen Szene am Flughafen, wo die Eltern ihr Kind wie eine große Geschenkpackung aus den Händen einer Boden-Stewardeß in Empfang nahmen und für die Photographenmeute posierten, niemand sah überglücklich aus. Mein Herz litt wieder unter Platzmangel, meinen Mundraum befiel Trockenheit, weil das Mädchen so ernst aussah und nicht einmal mehr, wie zuletzt bei mir, aus Höflichkeit lächelte. Und jetzt erwähnte der Reporter mich, bei ihm war ich eine beherzte alte Dame (ich kam mir falsch etikettiert vor, es ist lächerlich, ich bin nicht viel über sechzig und finde mich alterslos), der Aufklärung und Rettung zu verdanken waren. »Nach ihrem Anruf beim nächsten Polizeirevier war alles nur noch Routine.« Trotzdem würden die Ermittlungen weiterlaufen, bis die Schuldigen gefaßt seien.

Die Polizei behalte sich den Zeitpunkt vor, zu dem sie die Öffentlichkeit um Mithilfe bei der Fahndung nach den Kidnappern bitte.

Wahrscheinlich wollten sie mich vor Racheakten des Pärchens schützen. Keine Suchmeldung herausgeben von der Art: Wer hat ein junges Paar gesehen, von der alten Dame wie folgt beschrieben.

Du bist jetzt sicher überglücklich, *stimmts?* Am Flughafen ging eine Reporterin liebedienerisch vor meinem kleinen Gast in die Hocke, hielt ihm ein dick wie in Schafspelz vermummtes, staubwedelartiges Mikrophon vors Gesicht. Das Mädchen wirkte überanstrengt davon, sich zu beherrschen. Na na? machte die Reporterin, wartete, das Kind nickte, die Reporterin hielt das zauselige graumähnige Mikrophon nun wieder in Rufweite ihrer wie lackierten Lippen und erzählte dem Publikum, jetzt sei die arme Kleine erst mal sehr erschöpft und brauche Ruhe, fragte *stimmts?* und probierte es nochmals mit dem Mikrophon bei dem Mädchen, das aber seine rechte Hand zum Wegwischen einer Träne brauchte, und dann schwenkte die Kamera von ihm zu den Eltern.

Es hat keine netten Eltern, sagte ich den meisten, denen ich berichtete. Es machte nach seiner seltsamen Odyssee keinen Endlich-zu-Hause-Eindruck. Eigentlich alles andere als das. Der Vater redete nicht, die Mutter tut es um so mehr und nichts als Sentimentalitäten, beteuert süßlich *Sie ist unser ein und alles* und *Wir wollten nur diese eine.* Die Mutter ist püppchenhaft und hat wegen all ihrer Diätprogramme und Kosmetiktermine keine Zeit und noch nie mit ihm gespielt, dem Vater scheint es irgendwie nicht gutzugehen, er sieht schlecht gelaunt und wie ein Vegetarier aus, das Kind kommt mir obdachlos bei ihnen vor. Dort ist sie nicht zu Haus, aber wo wäre sie es? Warum konnte sie damals auf der Böschung Im Pilgerrain so zuversichtlich und ihrem Glück nicht mißtrauend lächeln? Ausgerechnet mir, einer Unbekannten, zulächeln? Kinder tun das, ihr argloses Anlächeln von Fremden hat mich oft aufgewühlt und als Schutzlosigkeit erschreckt. Aber dieses Kind, anders als die anderen, lächelte ja sonst keinen an. Ich wußte es nicht gern bei diesen stumpfsinnigen Eltern, die seinen Wert nie erkennen könnten. Da kam mir, ich konnte nicht einschlafen, nachts eine Kindheitserinnerung zu Hilfe. Unser großes Gartengrundstück grenzte an unbebautes, verwahrlostes Gelände mit einem verlassenen Steinbruch und ein paar Hütten; dort wohnten zwei Familien mit vielen zerlumpten Kindern, die Steine nach Dolly und mir warfen, bis wir uns schließlich durch unseren Mut, wir wagten uns immer wieder bis zur Grundstücksgrenze vor, die Gnade des Zutritts verschafften und sie auf ihrem fremdartigen Terrain besuchen durften. Die Hütten waren erschreckend armselig, die Kinder liefen so lange barfuß, bis es ringsum schlammig und zu winterlich wurde, dann gefror; an Väter erinnere ich mich nicht, die Mütter waren fett, die Kinder mager. Ob wir miteinander spielten, habe ich vergessen. Etwas zog uns an, gefiel uns in den schlampig vollgestopften Hütten, und es war dasselbe, wovor wir erschraken. Und deshalb, weil der Schrecken überwog, erfanden Dolly und ich beim Einschlafen eine paradiesische Welt, in der die Kinder in Wahrheit lebten. Alles Herumlungern in der verrotteten Zwischenwelt diente nur der Täuschung. Sie bewohnten ein wundervolles Haus, im Halbrund umsäumt von einem Kiefernwäldchen und mit Blick auf das Meer. Kaum aus unserem Blickfeld, machten sie sich dorthin auf, zogen bei ihren richtigen Müttern richtige gute Sachen an, und der Tisch war gedeckt, es gab alle bei uns beliebten Kuchensorten. Und es fiel uns leicht, daran zu glauben, wir sind darüber eingeschlafen. Tagsüber aber entdeckte bald Dolly, bald ich, daß es bloß eine Erfindung war, und dann sagte die jeweils Gläubige zur jeweils Ungläubigen: Glaubs doch einfach.

Du mußt das nur mehrmals vor dich hin murmeln: Glaubs doch einfach. Und dann passierts und wird so wahr wie beim Einschlafen.

Glaubs doch einfach. Diese Leute auf dem Flugplatz, das waren nicht die Eltern, es war die Haushaltshilfe und ihr Freund. Glaubs doch einfach.

Hegels Augen, schwarzglänzende, etwas vorstehende gewölbte und polierte Knöpfe, blickten ungläubig, bei jedem Wort wie sein großer Namensgeber mit dem Listenreichtum des höchsten Herrn rechnend, meine für ihn mitgedachten Selbstsuggestionen fand er zu bodenständig. Mit Kant hätte ich es jetzt leichter gehabt. Wir wären übereingekommen, das subjektiv Zulängliche für glaubwürdig zu halten, hätten uns dem Vernunftglauben anvertraut. Wird mir bei dem kleinen Mädchen die Zeit helfen, einfach dadurch, daß sie vergeht? Bei Dolly I., meiner elendiglich vor sich hin gestorbenen Schwester, hat sie versagt, jahrelang schon, und genau das ist es ja auch, was ich will.

Unsere Spaziergangsrunde ist komplizierter geworden und keine richtige Runde mehr, auch länger, um den Pilgerrain zu meiden; vorerst, sage ich mir, und es ist gegen die Vernunft: Keine neuen Problemgäste bewohnen bisher das Pfadfinderheim, vom Pärchen war nie wieder etwas zu sehen, erfuhr ich von Frau Goetz. Trotzdem mache ich unten, wo der Klosterwiesenweg und die Erlengrundstraße aufeinanderstoßen, kehrt und gehe zu einem Abzweig vom Pilgerrain zurück und ärgere mich über die Verlängerung, die meinen arthritischen Gelenken schadet, immerhin jedoch dem mit den Jahren pummlig werdenden Hegel nützt. Einmal hat übrigens die Polizei doch noch um meine Hilfe gebeten, am Tag nach dem *Glücklichen Ende einer Kindesentführung*, und es war interessant, dem Polizeizeichner beim Herstellen von zwei Phantombildern zu assistieren. Mehr als das: ihn zu dirigieren, als Hauptperson. Warum, weiß ich auch nicht, aber ich hatte Hegel aufs Präsidium mitgenommen. Hilft er denn dabei? fragte einer der allesamt netten Polizisten, die ihm Süßigkeiten zusteckten und den ockergelben Nacken rubbelten. Ich bejahte, wieder ohne sagen zu können, warum. Doch die Wahrheit war es.

Babys im Streß

Norma sagte: Das kommt vom Streß, es hat unterwegs kaum geschlafen.

Trotzdem wiederholte ihre Schwiegermutter, als sie Norma das Baby zurückreichte: Mit fünf Wochen müßte es kräftiger sein. Hast du nicht genug Milch? Es ist süß, aber dein Mann war mit fünf Wochen schon ein Kraftprotz.

Andi war kein Mädchen, sagte der Schwiegervater. Vielleicht ist das des Rätsels Lösung. Im Fernsehen lief *Szene*, bei abgestelltem Ton verrenkte sich eine Mädchen-Rockgruppe. Sie sehen so aus, als müßten sie mal ganz dringend, sagte der Schwiegervater, der den Blick nicht vom Bildschirm wandte, und die Schwiegermutter fragte: Was ist los? Du stillst sie doch noch, oder?

Alles in Ordnung, sagte Norma. Sie braucht nur Schlaf. Sie drückte das Baby fester an sich. Sie fand, es fühlte sich nicht warm genug an, nicht wie sonst.

Vom Schlafen nimmt es nicht zu, sagte die Schwiegermutter.

Andi hielt sich raus. Als seine Mutter fragte: Was meint denn der frischgebackene Vater?, sagte er bloß zu Norma: Gib sie mir. Es klang nicht wie eine Ehrenrettung.

Norma verließ mit dem Baby das Wohnzimmer, und alle konzentrierten sich aufs Fernsehen. Der Schwiegervater stellte den Ton hoch, so daß keiner Norma hörte, die auf das Baby einredete: Ja ja ja, meine kleine Prinzessin, mein kleines Wunder, meine Alice im Wunderland, ja ja, sie haben dich bewundert! Sie küßte das minimale Gesicht ab, sie lächelte es an, aber heute abend reagierte das Baby überhaupt nicht. Alice war ein freundliches Baby. Sonst lächelte sie immer zurück, und manchmal sogar grinste sie von selbst und steckte ihre Mutter damit an. Ausgerechnet heute abend jedoch ließ das Baby sie im Stich. He, was ist los mit dir? Norma ruckelte am Bündel mit dem winzigen Körper darin.

Auf dem provisorischen Wickeltisch holte Norma das Kind aus seiner Frottierstoff-Stola. Alice im Wunderland bewegte unkoordiniert die Ärmchen, spreizte die Miniaturfinger mit den gläsernen bläulichen Nägeln, und ihre runden Beine zuckten. Sie quälte sich mit dem Gemenge ihrer Bedürfnisse und Empfindungen ab, sie wollte schreien und in ihre Windel machen. Das Baby war beleidigt und in Protestlaune.

Nicht zum ersten Mal erstaunte Norma die Witterung des Babys für die Stimmungen, die es in den erschreckend großen Personen auslöste. Sogar Blicke genügten, um seine Gemütsverfassung zu heben oder zu trüben. Wenn Andi es knurrig ansah, bloß weil er geistesabwesend war und nicht darauf gefaßt, daß Norma es ihm auf den Schoß setzte, nahm das Gesicht des Babys einen mißgünstigen Ausdruck an, und manchmal begann es zu zetern.

Du hast mich blamiert! He! Warum machst du so was! Norma bezwang ein hohles Gefühl im Kopf, ihre Knie wurden weich, plötzlich hatte sie Lust, brutal zu sein. Sie wechselte die Windel und brachte ihre Aschenputtel-Prinzessin in das Behelfsbett (Andis Kinderbett hatten seine Eltern nicht aufgehoben), ein aufklappbares Gestell, eine Art Wagen ohne Räder, das sie im Kofferraum des Honda mitgenommen hatten. Um wieder liebevoll zu sein und sein grämliches Gesicht aufzuhellen, wollte Norma noch ein bißchen mit dem Baby spielen, es anfassen, ihm irgendwas erzählen, das es zwar nicht verstand, aber phonetisch beruhigte, Norma drückte seine kostbaren kleinen Hände gegeneinander und spürte den geringen Widerstand. Mein armes ohnmächtiges Kind, weißt, so wenig und winzig du jetzt noch bist, trotzdem schon genau, was du willst, sagte Norma halblaut, du kleine Puppe, es wundert mich, daß du lebst, es macht mir angst und bang, daß du lebendig bist. »Müde bin ich, geh zur Ruh ...«, fing sie zu singen an, aber da rief ihre Schwiegermutter über die plötzlich voll aufgedrehte TV-Lautstärke hinweg, sie klang so überdreht wie seit der Ankunft der jungen Familie nicht: Norma! Mach schnell! Sie zeigen endlich die ersten Bilder von *ihm*! Beeil dich!

Im Wohnzimmer, dem Bildschirm entgegengebeugt, damit ihnen nichts entginge, starrten alle auf *ihn*, und *er*, der bis zum Kopf vermummte Gnom, war der drei Tage alte Sohn seiner international berühmten Weltranglisten-Super-Star-Eltern, die, der Vater geduckt hinter Mutter und Kind, die Mutter sitzend in Madonnen-Positur, in die Kamera strahlten, der Vater keck, die Mutter weich.

Sie sieht noch ganz nach Geburt und all dem aus, sagte die Schwiegermutter. Wunderschön. Und der kleine Wichtelmann, ist er nicht süß? Ich dachte mir, daß sie einen Sohn kriegen. Alle beide Sportler, und überhaupt ...

Wissenschaftlich ist das wohl kaum haltbar, sagte der Schwiegervater. Waren etwa wir Sportler? Und wir haben Andi. He, Andi, reiß dich nächstes Mal zusammen, und du, Norma, tu das auch. Einen, der den Namen fortführt, einen Bruder für Amelie ...

Alice, sagte Norma.

Die Welt ist verdammt unsicher geworden, sagte Andi. Ich kann euch nichts versprechen.

Das private Glück bleibt aber, was auch passiert. Die Schwiegermutter klang anzüglich. Oder vorwurfsvoll? Norma wollte wieder gehen.

Schaut doch die Eltern an! Einem solchen Glück kann niemand etwas anhaben. Stimmts nicht? Die Schwiegermutter stupste ihren Mann an, der knurrte. Er sah so aus, als könne er sich nicht an seine Gefühle von damals erinnern.

Übrigens, er hat schon massenhaft Haare! sagte die Schwiegermutter. Andi hatte zwar auch welche, aber mehr so irgendwie als Flaum.

Wieder wollte Norma gehen. Alice war noch so gut wie kahl. Aber Norma blieb wie von den Bildern festgehalten.

Mit einer gekränkten, unzufriedenen Stimme monierte ihr Schwiegervater: Warum haben sie ihm einen dermaßen verrückten Namen verpaßt. Wer heißt denn so.

Niemand, rief die Schwiegermutter. Das ist ja der Trick! Sentimental dehnte sie den fremdartigen Doppelnamen. Sicher hat der eine Bedeutung, und außerdem ist er sehr originell. Oder? Andi?

Hebräisch, soviel ich weiß, sagte Andi.

Er war das berühmteste Baby des Planeten Erde, wenn die überglückliche Frauenstimme aus dem Off recht hatte, und daran, daß sie recht hatte, zweifelte Normas Schwiegermutter keinen Augenblick, sie wiederholte: Er ist das berühmteste Baby auf der ganzen Welt. Ich hab so drauf gewartet, daß man ihn endlich zu sehen kriegt. Es muß doch noch mehr Bilder von ihm geben. Sieh doch, Norma, hat seine Mami sich nicht verändert? Lächelt sie nicht, wie nur eine Mutter lächeln kann? Ganz anders als nach einem Wimbledon-Sieg oder irgendeinem Open … Und der Papi, ist er nicht ein bißchen weniger jungenhaft? Ach, das kleine Würmchen, wie niedlich mit all diesen Haaren.

Nebenan wimmerte der winzige, kahlköpfige, vergessene Nobody. Diesmal konnte sich Norma losreißen. Niemand außer ihr hatte das Wimmern gehört. Norma stand vor dem Gestell und schaute auf die kleine Kopfkugel über dem hochaufgebauschten Plumeau. Alice im Wunderland schlief. Norma mußte sich getäuscht haben.

Nach dem Abendessen hielten sie das Video aus *Szene* an, machten die allerneuste kleine Heilige Familie zum Standbild.

Wirklich, es ist das Lächeln einer Mutter.

Wie sonst sollte sie lächeln? Der Schwiegervater fragte nur gegen zu viel weiblichen Überschwang an, stolz klang aber auch er, fand Norma und dachte an Alice im Wunderland, sein Enkelkind. Sie hatte nicht einmal in diesem Wettbewerb mitspielen dürfen, weil so sicher war, daß sie doch unterliegen würde, obwohl ihre Schwiegermutter jetzt ganz freundlich war.

Was für ein wundervolles überglückliches Trio, und so berühmt! Diese Eltern, dieser prachtvolle neue Erdenbürger! War was, Norma? Ich meine, alles in Ordnung mit dem Baby? Ich habs vergessen, ihr Geburtsgewicht, aber das von ihrem ist 2600 Gramm, und fünfzig Zentimeter ist ihrer groß, süße fünfzig Zentimeter.

Ja, sagte Norma, alles in Ordnung. Sie schläft.

Ich hoffe, sie sieht morgen besser aus, sagte ihre Schwiegermutter. Merkt ihrs auch, *sein* Gesicht ist schon richtig charakteristisch, und das hat man bei Neugeborenen so gut wie nie. Bei Andi sah man erst so ab der zweiten Woche, daß er auf mich kommt. Obwohl er auch ein Prachtkerl war. Aber *er* ...

Er sieht aus wie eine Rübe mit Strunk, mit diesem hochgebürsteten Haarschopf. Damit dämpfte der Schwiegervater den Überschwang seiner Frau.

Er sieht wie sein Vater aus. Sein Vater als Zwerg, aber total genauso, sagte Andi. Er wird ein Steuerbetrüger, er wird im Gefängnis sitzen.

Nach Lautmalereien der Empörung sagte seine Mutter etwas hilflos, so rede man nicht über andere.

Ich sag nur, was wissenschaftlich Fakt ist. Es sind sowieso die Gene der Großeltern, über die Eltern machen sie einen Sprung.

Zwar tat Norma Andis Grantigkeit gut, andererseits wünschte sie von den Schwiegereltern keine Beteiligung an Alice bei der Gen-Karambolage. Nicht in Ordnung, falls Andi recht hatte, war dann aber, daß sie eine Ehrenrunde um das Tennis-Baby drehten, als wären sie seine und nicht Alices Großeltern.

Ihr müßt das doch auch sehen, sagte die Schwiegermutter. Sonst hat sie anders gelächelt, ich meine, auf sämtlichen Tennisplätzen nach einem ihrer Tausende von Siegen. Da lächelte sie irgendwie bescheidener, Sportler tun das, und sie reden ganz monoton und sachlich über ihr Spiel und was sie daran noch verbessern müßten, Vorhand und so weiter ...

Für ihre Vorhand war sie berühmt, sagte der Schwiegervater. Sie hätte gut und gern weitermachen können, die Navratilova hats auch gemacht, immer weiter ...

Du redest wie der Blinde vom achwasweißich. Bei ihr wars die Liebe. Und sicher auch der Kinderwunsch. Immer hat sie über ihr Spiel gemurmelt und über Matchbälle und wo sie Fehler gemacht hätte, aber jetzt hat sie keinen gemacht, sie hat alle Siege der Welt errungen, aber dieser hier, der ist ihr größter. Und der schönste. Und es wäre ihr stolzester Tag in ihrem Leben, das war ihre Botschaft an uns alle.

Eine Zeitlang schwiegen die vier vor dem Bildschirm. Dann tat Andi so, als müßte er gähnen. Noch war er nicht fertig damit, so daß es gelangweilt klang, als er erklärte: Stolz, stolzer, am stolzesten. Ich glaub nicht, daß man das steigern kann, stolz. Ich glaub nicht, daß es einen Superlativ davon gibt.

Sprechblasen

Am 26. Juli war der Witz vom Elephant-Cartoon-Kalender im Badezimmer endlich mal wieder gut, aber die Zeichnung reichlich pornographisch. Er glättete das zerknüllte Blatt. Die Zensur seiner Frau belustigte und rührte ihn. Da wollte sie seine und des Töchterchens Unschuld bewachen (seine verlorene war nicht mehr schützenswert, die einer Fünfjährigen absolut ungefährdet) und vergaß doch, den Stein des Anstoßes im Müll zu versenken. Wirklich, der Bildanteil am Witz war ordinär; ein Mann und eine Frau, Sex-Szene im Stadium Liegestütz und Grätschen. Aber der bitterböse kleine Dialog in den Sprechblasen schlug wie ein Blitz bei ihm ein. Er überlegte, ob er seiner Freundin den Witz schicken sollte und dazuschreiben: In den beiden Sprechblasen findest du die Wahrheit über uns. Sollte er ihn in den Brief legen, den er ihr gestern abend geschrieben und unter den Bauplänen und Aufrissen der Immobilien, die er in den nächsten Wochen an den Mann bringen wollte, versteckt hatte? Den Brief, drei Bogen, fand er jetzt blödsinnig. Es ging auch lapidar. Wie in diesem Witz. Pech, das Eklige der Zeichnung. Er teilte die Empfindung seiner Frau, obwohl man ihm alles vorlegen konnte, was nicht jugendfrei war. Und erst recht seiner Freundin, aber er wollte nicht derjenige sein, der das tat. Trotzdem, von dem krumpligen Blatt konnte er sich nicht trennen, noch nicht. Der Mann im Witz sprach, frei übersetzt, die Wünsche seiner Freundin aus, die Frau im Witz gab mutig die kurze Antwort, an die er sich auf drei Briefbogen feige heranschrieb.

Um 17 Uhr traf er sich mit Kunden in der Parkstraße 41, und erst bei der Observierungsgymnastik der pingeligen Ehefrau (sie kniete, beugte, streckte sich, rückte Details auf die Pelle) fiel ihm der Witz wieder ein. Die Frau reklamierte ein zweites Lavabo im Bad und Mischbatterien an allen Wasserhähnen, und er dachte an den Witz, wurde ein schlechter Makler, wogegen er nicht ankämpfte, denn die Frau vermißte außerdem in der Küche die Abzugshaube überm Herd und hatte immer von einem begehbaren Schrank im Badezimmer geträumt, es sah also sowieso nicht nach einem Abschluß aus. Als seine Freundin ihm vorgestern gesagt hatte, sie würde sich wünschen, sein Kind kennenzulernen, mit ihm und dem Kind in den Zoo zu gehen und ein Eis zu essen *(so was mehr Seelisches, Liebling)*, knipste sie blitzschnell ein Licht in seinem Bewußtsein an, und ausgerechnet ein Witz erklärte ihm, warum das Licht genauso blitzschnell wieder erloschen war. Schon beim zweiten Teil der Leidenschaft, dem zärtlichen, verschmusten Nachlaß, den er der Freundin schuldete, hatte er sich nach dem kurzen Glück bloß merkwürdig hohl gefühlt und nur mit ein paar Kußschmatzern reagiert. Und die deutete sie garantiert als Zustimmung, als *so was mehr Seelisches*.

Abschied von den Kunden. Sie würden es sich überlegen. Die Frau fixierte ihn drohend und triumphal, der Mann sah hoffnungslos aus. Der Witz bringts auf den Punkt, würde er ihr schreiben und ihn zu ein paar straffen Zeilen legen, ungefährer Wortlaut: … leider nicht gerade comme il faut, pipapo, und das Händchenhalten steht für Zoo und Eis mit dem Kind, und Nicht-genug-Lieben reicht zwar für Quickies und Shorties, Sex … weg mit dem langen Schrieb.

Abends am Schreibtisch verwarf er seine Idee, nur seine drei Briefbogen, die zerriß er mit Freuden. Es war ein warmer Sommerabend, alle Türen und Fenster standen offen, und aus der Küche hörte er das Geplapper vom Kind und wie seine Frau mit dem Besteck klirrte, ihre anerkennenden, interessierten Kommentare zum Bericht von der Geburtstagseinladung, dann rief sie aufs Geratewohl durch die Wohnung: Wir zwei gehen noch mal raus zum Briefkasten, das Kind rief: Ich darf *Post* draufmalen! Der Briefkasten brauchte einen neuen Anstrich, und diesmal sollte er rostrot werden. Allein in der Wohnung (er rief ihnen *machts gut* hinterher), fand er seinen zweiten Einfall gut, auch günstig plaziert, und doch, die Stimmen der beiden noch wie in seinem Körper verteilt, furchtbar schäbig. Er würde telephonieren. Mit dem Handy stellte er sich ans Fenster, um seine beiden Frauen im Auge zu behalten, und während er die Nummer der Freundin eintippte, dachte er: meine Lieblingsmenschen. Warum ging ihm der Anblick der zwei immer dann am allermeisten zu Herzen, wenn er sie von hinten sah?

Seine Freundin freute sich: Tolle Überraschung! Was gibts denn?

Nichts weiter. Wie konnte er am besten zum Witz überleiten? Ich wollte nur mal deine Stimme hören. Er hatte ihren Geschmack getroffen, und sie wisperte: O wie wundervoll, Liebling, wie absolut wundervoll!

Das Kind streckte sich, so hoch, wie es konnte, setzte es den Pinsel an, und er sah die Kniekehlen wie kleine Gesichter, und rechts, wo der gereckte Arm das kurze Kleid hinaufzog, ein Stück der weißen Unterhose. Ha! machte er. Da liegt ein Blatt vom Witzkalender rum. Mal sehen, was drauf ist. Bevor sie in der Hoffnung auf Romantisches *ach laß doch* sagen würde, mußte er ihre Neugier wecken. Der Witz ist ein Porno, leider nicht mal gut gezeichnet.

Dann schieß mal los.

Ein Pärchen im Bett, Sexgymnastik.

Welche Stellung? Sie gackerte, gickelte. Er konnte sie jetzt nicht ausstehen, bekam gleichzeitig den alten verfluchten Appetit auf sie, fixierte seine zwei da draußen am Briefkasten, das neue Rostrot würde das alte Gelb noch lang nicht abdecken, der Briefkasten sah hautkrank aus. Ich liebe euch. Euch liebe ich *genug*. Seiner Freundin antwortete er: Konventionelle Stellung. Über ihren Gesichtern schweben Sprechblasen. In seiner steht: Ich möchte mit dir spazierengehen, Hand in Hand.

Sehr aufregend. Und sie? Wann wirds denn dein Porno?

Das Bild ist der Porno, nicht, was sie sagen. Paß auf, nun sie: Dazu liebe ich dich nicht genug. Er dachte: Sie muß es kapieren. Nett von mir, es ihr mit diesem Witz beizubringen. Den Zoo, das Eis, das Kind, das *mehr Seelische*: Schlags dir aus dem Kopf. Diskreter gehts ja kaum noch, und sie muß es kapieren. Dazu liebe ich dich nicht genug, wiederholte er. Seine Frau kauerte vorm Farbtopf, rührte drin herum, und sofort ahmte das kleine Mädchen sie nach, drehte den Pinsel im Wassereimer, es sah lieblich und drollig aus. Bei Mutter und Tochter bildete sich der gleiche krumme Scheitel am Hinterkopf, wenn sie sich vorbeugten und das glatte kurze Haar nach vorne fiel. Ein Mückenstich am Bein mußte beim Kind angefangen haben zu jucken, es kratzte sich schnell, und er fühlte sich, als würge ihn etwas am Hals, aber sein Hemd war fast bis zur Mitte aufgeknöpft.

Seine Freundin klang nach unterdrücktem Gähnen: Ein typischer Nuttenwitz. Nutten sehnen sich am allermeisten nach der Liebe, aber die ist tabu, sie machen ihren Job, und er ist ein Kunde. Spazierengehen wäre unbezahlbar. Schatz, ich zeichne dir ein schöneres Bildchen. Also, du siehst ein Herz drauf, es ist meins, und drunter steht nur ein einziges Wort: Entrez! Ausrufezeichen.

Den Film hab ich auch gesehen, sagte er, es war eine Mutprobe in Unfreundlichkeit. Aber als sie ihm sogar eine Chance gab, er wüßte es ja, wie der Mann im Witz ersehnte auch sie *mehr Seelisches*, nutzte er sie nicht, sondern sagte:

Kommt Zeit, kommt Rat, und dann wünschten sie sich *Gute Nacht*, sie tats schwummerig-schmusekatzenhaft, er immerhin recht und schlecht neutral. Die Aus-Taste. Aber nur am Handy. Er schlenderte zu seiner Frau und dem Kind in den Vorgarten, er lobte ihr Werk, die allergische Reaktion vom alten Gelb aufs neue Rostrot machte immer noch einen behandlungsbedürftigen Eindruck, aber seine kleine Tochter probierte schon ein großes *P* aus und sagte, das könnte auch *Papi* werden statt *Post*, und sie brauche eine andere Farbe dafür. Er gab sich große Mühe und schaffte einen beiläufigen Ton. Es sollte sich anhören, als wärs ihm in diesem Moment erst in den Sinn gekommen: Sagt mal, wie wärs mit dem Zoo morgen? Und Eisessen?

Seine Frau sah ihn undeutbar an wie eine Frau im Film, die einen Weitsprung über die Assoziationskette macht, an deren Ende sie gleich *Wer ist sie?* fragen würde.

Sie fragte: Machst du Witze? Mittwochs hat keiner von uns Zeit.

Nein nein, rief das Kind, das ist kein Witz! Ich bin die Beste, ich brauch nicht jedesmal in den Flötenkurs.

Ihr beide seid die Besten, sagte er.

Der Rivale

Simone hielt Ruodi ihre linke Hand ins Blickfeld, der Brillantring blitzte. Sie sagte ernst: Wenn nur eben das hier nicht wäre.

Schon neben ihm an der Bushaltestelle im Wartehäuschen zu sitzen, machte sie weich von der Gürtellinie abwärts, darüber schien sie nur aus Herzklopfen zu bestehen: Sie war von den Haarwurzeln bis zu den Zehen in Ruodi verliebt, Stufe sieben, hätte sie gesagt, wenn sie ihre Gefühle mit den Störstufen eines AKW vergleichen sollte. Größtmöglicher Unfall. Ihr GAU hieße: Hingabe. Greif endlich zu, beziehungsweise äußere doch wenigstens diesen dringenden Wunsch!

Ruodi nickte stumm und betrübt, Simone blieb zwar verliebt, aber ein wenig kämpferischer hätte sie sich Ruodi doch gewünscht. Wenn ihr Plan aufginge, sollte der Ring ihn anfeuern. In Rage den Rivalen tilgen. Sie sagte, weil er vielleicht nur begriffsstutzig war: Ich bin mit diesem Mann verlobt. Und sie tippte auf den Ring. Ich bin mit ihm verlobt, obwohl er bis jetzt noch verheiratet ist. Es ist verdammt romantisch. Es ist ein Melodram, weiß Gott. Pech, oder? Oder kann man was dagegen tun? Sie wartete, dann setzte sie hinzu: Ringe, Schmuckstücke überhaupt, sie haben etwas sehr Bindendes. Das findest du doch auch, oder?

Kann sein, kann nicht sein. Ruodi klang lahm.

Simone drehte auf: Der Mann, mit dem ich da so unglücklich verlobt bin, es ist eine Passion, weißt du, er ist sehr großzügig, denn das hier ist ein echter Brillant … er ist viel älter als ich, ich meine, der Mann, und er leidet …

Macht das was?

Ich leide auch, was denkst du denn! Ich kriege allmählich den Eindruck, du hörst überhaupt nicht zu. Ich leide auch! Und zwar *unseretwegen*! Was meinst du?

Ruodi sagte: Der Bus kommt.

Über Eifersucht schien bei ihm wenig zu machen zu sein. Bis auf ein Pärchen vorne beim Fahrer war der Bus leer, sie setzten sich auf die hintersten Sitze rechts. Simone ärgerte sich über Ruodi, aber verliebt, höchste Alarmstufe, blieb sie. Es war Nacht geworden, und sie betrachtete ihr mattes Spiegelbild in der Fensterscheibe. Sie sah gut aus.

Es sollte sich wie eine Warnung anhören, als sie sagte: Junge Mädchen verlieben sich oft in viel ältere Männer. Die Jungen sind zu unerfahren.

Es wäre nicht die erste Verlobung, die gelöst wird, sagte Ruodi. Warum kriege ich eigentlich diesen ganzen Schlamassel erst jetzt zu hören? Neugierig wäre ich schon ein bißchen.

Geriet Ruodi endlich in Fahrt? Und Simone in Verlegenheit? Denn diese Frage, obwohl sie doch so nahe lag, hatte sie nicht vorhergesehen.

Du hast dich bisher nicht gerade wie eine längst anderweitig verliebte Braut benommen. Ruodi lachte aufsässig.

Und warum wohl nicht? Bemühe mal deine ganze Phantasie, und gib dir dann selber die Antwort. Simone lobte sich für ihre Taktik.

Der Fahrer sagte *Nächster Halt: Kreuzplatz* durch, und sie mußten aussteigen. Während der zehn Minuten Fußweg bis zur Nummer 53, Zwinglistraße, erklärte Ruodi die komplizierten Baseball-Spielregeln. Er hielt Simone beim Gehen um die Taille, und sie war sehr verliebt, und doch, allmählich fing sie an, einen älteren, erfahrenen Mann vor sich zu sehen. Hatte denn Ruodi die melodramatische Angelegenheit schon wieder vergessen? Bekam er mit, daß sie den üblichen langwierigen Abschiedskuß kürzte, sich ein wenig sträubte, daß es also nicht komplett und wie immer war, das Nacht-Ritual vor dem Gartentor? Und Simone inszenierte sich in eine Umarmung mit dem älteren, erfahrenen Mann, der ihr – inzwischen träumte sie wach auf ihrem Bett vor sich hin – inmitten einer gekonnten Umarmung jenen Ring auf den Finger steckte, den sie nachher nicht gleich wieder im Schmuckkasten ihrer Mutter deponieren müßte.

Und was ist mit Simone? fragte Evi am nächsten Abend, verblüfft über Ruodis Bitte, ihn zum Dia-Vortrag des berühmten Bergsteigers zu begleiten, sie, Evi, statt Simone, Ruodis Angebetete und erst recht *seine* zweihundertprozentige Anbeterin.

Nichts weiter, sagte Ruodi, außer, sie trägt schon den Verlobungsring von einem andern, echter Brillant.

Die Hauptperson

Mit allem, was ich Doktor Weingarten bisher erzählt hatte, rüttelte man ihn nicht auf, und obwohl ich das wußte, fuhr ich fort, gefangen in meiner Erinnerung an diesen für mich schließlich existentiell bedeutsamen Spaziergang letzten Sonntag mit der hübschen, leichtfüßigen Hillary, meiner kanadischen Freundin. In einen meiner ziemlich poetischen Sätze donnerte ich das Wort Sex, es hatte dort nichts zu suchen, bis jetzt nicht, mir ging es nur um das Experiment. Würde ich Doktor Weingarten wecken? Er grunzte bloß. Armer Kerl. Die Unterdrückung des Drangs zu schlafen, so las ich neulich, sei gesundheitsschädlich. Der Verfasser des Artikels zog den Vergleich mit den zum Ziel drängelnden Kontraktionen der Därme: Laß sie gewähren. Wenn sie sich ihrer Fracht entledigen wollen, so widerstehe ihnen nicht. Dein Körper weiß Bescheid.

Hillary kam mir zunächst so angenehm verehrungsvoll vor, wie ich es von ihr gewohnt war und von meinen Freundinnen vermutlich von jeher erwartet habe. Das Spröde mag ich, aber nur wenn es etwas Wichtiges und Empfindliches schützt so wie die Nußschale die Nuß, Wünsche, Hoffnungen, die mir gelten, die Liebe oder doch immerhin die Verliebtheit, ihre umgänglichere kleine Schwester. Mich überanstrengen meine, wie soll ich sagen: also gut, zeitgenössisch gesprochen meine Beziehungen mit einer kribbelnden Unterschwelligkeit des Amourösen und des Erwartens von Steigerung ja einerseits von jeher, doch noch weniger, andererseits, würde ich sie missen wollen. Das darf natürlich nicht überhandnehmen, ich brauche Pausen und eine gute Dosierung, und ich muß den

Überblick behalten. Denken Sie nicht auch, ich bin jemand, der ans Ziel gar nicht wirklich kommen will? Ein Liebhaber des Schwebezustands? Der Sätze, die (immer noch) nicht gesagt werden? Der Umarmungen, die (immer noch) nicht stattfinden?

Doktor Weingarten gibt mir einen seiner schlechtesten Termine. Zwischen drei und vier ist er einfach am Ende seiner Kraft. Noch schlimmer war es nur, als er mich zwischen zwei und drei Uhr sah, obwohl er nichts Schweres ißt, es bedrückt ihn doch. Allerdings waren zwischen zwei und drei die Verhältnisse klarer: Er döste in der ersten Viertelstunde, schlief dann seinen für andere Patienten vielleicht ausreichend getarnten Schlaf, denn geschlossene Augen halten viele vermutlich für Weingartens allseits hochgeschätzte Methode, sich unabgelenkt von Bildern zu konzentrieren; aber ich kann Atemzügen anhören, ob sie von Schlafenden oder von Menschen kommen, die wach sind, selbst wenn nicht geschnarcht wird, und Weingarten schnarcht nicht, grunzt nur manchmal, aber das macht er auch sonst, und dann bedeutet es: Ich habe zugehört.

Unter einem Vorwand, der seiner hätte sein können – zu satt sei ich um zwei Uhr mittags, nicht in Kopf und Seele würden die Arbeiten erledigt, sondern im gastrointestinalen Trakt –, bat ich um Termine zu anderen Tagesstunden, und so kam ich zu diesem, wo Weingarten zwar sein Verdauungsproblem hinter sich hat, aber anscheinend nach dem Tiefschlaf vorher sich langsam aus dem Saucenschleim der Müdigkeit herauskämpft und kurz vor vier auftankt. Auch diese letzten paar Minuten kommen nicht mehr mir zugute. Mein Nachfolger auf der Couch oder auf dem Sessel – je nach Behandlungsstand und Schwere des Befunds sitzt oder liegt der Patient –, er ist es, der davon profitiert, eigentlich von der ganzen Stunde, die ich hatte und in der Weingarten schlief.

Weingarten sammelte vielleicht Elan und raffte sich rascher zu dessen Gebrauch auf, wenn ich erzählte, von Hillary und mir, als wärs ein Märchen. Er hat sich als Märchenforscher hervorgetan, bei weniger realistischen Patienten als mir analysiert und therapiert er auf Märchenbasis. Und das, womit ich ihn wecken würde, hielt ich in der Hinterhand.

Hillarys rührender Trippelschritt, ihre kleinen spitz zulaufenden Füße in spitz zulaufenden pantoffelartigen Schuhen, verziert mit so was Ähnlichem wie Perlenstikkerei, nicht für Spaziergänge auf Feldwegen zwischen Äckern geeignet, Hillary einen Kopf kleiner als ich – das alles paßte mir. Ich habs gern, wenn Leute kleiner sind als ich, besonders Frauen, zu Frauen sehe ich schon gar nicht gern hinauf, als wären sie Litfaßsäulen. Hillarys Intelligenz bewundere ich ein bißchen mehr als meinem Wohlgefallen guttut, aber nach Art der Frauen streut sie auch immer etwas dummes Zeug rein und ein paar halbkitschige Emotionalien, was mich versöhnt – sie muß plötzlich eine Blume pflücken oder an irgendwas Blühendem riechen, und ich warte mit einem Gefühl der Überlegenheit. Brauchen alle Menschen das Gefühl: Ich bin überlegen? Ist das Hochmut bei mir?

Weingarten riß die Augen auf, zusätzlich zog er die Augenbrauen hoch, wilde buschige Augenbrauen, die er, diesen Verdacht habe ich, nach oben bürstet, nicht zu seinem Vorteil. Er müßte dort oben einige dieser rötlichen Zipfel abschneiden. Mit diesen Anstrengungen wollte er seine kleinen Schlafaugen größer kriegen. Er richtete seinen Blick auf mich, er starrte mich an, als müsse er sich vergewissern, wer da vor ihm saß, und simulierte doch Interesse ausgerechnet an mir, wollte den Anschein erwecken, aufs beste informiert zu sein. Aber daß das nichts zu bedeuten hat, weiß ich aus Erfahrung, die mit meinem schlecht im Tag plazierten Termin zu tun hat: Er wuchtet sich durch die Dämmerung in seinem Bewußtsein lediglich ans Licht des puren *Mitkriegens*. Viel mehr ist das bis jetzt noch nicht. Aber er hat gegen die Schwere seiner Augenlider gefochten und kurz gesiegt. Ich würde ihn wachkriegen. Warte nur, alter Knabe.

Noch schilderte ich, womit ich auch Hillarys Geschmack getroffen hatte, den Herbst am Waldrand mit Frühjahrsvortäuschung. Es war ein milder und halbsonniger Tag. Auf den Äckern blühten hellblaue Blumen, auf anderen Parzellen gelbe – nein, kein Raps, Raps gibts im Sommer –, leider keine Blumen fürs Wohnzimmer, für die Vase, für die Augen schön und für den Schönheitssinn, nach meiner Einschätzung ist das Unkraut, liebe Hillary – ganz so redete ich nicht mit ihr –, oder es handelt sich um Pflanzen für einen landwirtschaftlichen Zweck. Pflanzen zur Unterdüngung, leider, sie sollen den Boden auflockern, vielleicht geben sie auch Nährstoffe ab, irgendsowas Nützliches, ich bin schließlich kein Bauer ... und ich warf immer wieder Blicke auf Hillary, die neben mir her trippelte und auch ein paarmal vom Weg weg auf so ein Feld hüpfte, um ein paar dieser »Blumen« zu pflücken. Sieg des weiblichen Chromosomenanteils über den männlichen. Frauen können Blumen schlecht stehen sehen. Als geborene Sammlerinnen müssen sie Blumen pflücken (auch Beeren, aber die gabs hier nicht). Hillary war ganz in Rosa und Weiß gekleidet, die blousonartige Jacke bauschte sich um sie, es war ein sonderbarer Anzug aus Acryl, und weil es ab und zu in der sanften windstillen Luft wie eine Mitsprache dieser Luft und der gesamten ländlichen stillen Umgebung nieselte – eigentlich viel weniger noch als Nieseln, erst recht kein Regen, es war nur ein winziges Sprühen und Nässen, unsichtbare Wassertropfen manchmal um uns herum –, leuchtete ihr helles Gesicht unterm hellgelben Haar vor einem rosigen Schirm, rosig wie das Rosige in ihrer Kleidung und wie ihre Nasenspitze und ihr Mund. Und als ich über

Bodendüngung sprach, sah sie mich amüsiert an, fast schalkhaft, und dann, ja, dann plötzlich schmiegte sie sich an mich. Heutige Frauen ergreifen die Initiative. Ich habe mich immer noch nicht dran gewöhnt. Es wurde mir etwas mulmig. Einfach weil ich dachte, jetzt bist du dran. Du mußt deinen Anteil dazugeben. Sie hängte sich bei mir ein, spreizte den Schirm weg nach hinten oder zur Seite, ich weiß nicht recht, nur daß sie ihren Kopf gegen meinen Oberkörper kuschelte, das weiß ich natürlich. Und jetzt hat sie es gesagt.

Ich wartete darauf, daß mein Analytiker zum vollen Wachsein auferstand. Nichts. Noch gar nichts. Ich wiederholte laut: Und jetzt hat sie es gesagt!

Immer noch nichts. Die Sache war Weingarten wohl zu seicht-sentimental, nichts Handfestes. Keinerlei Perversionen noch Obszönes lauerten in dieser Landschaftskulisse mit zwei uninteressant zivilisierten und höchstens auf die ganz gewöhnliche Art neurotischen Spaziergängern, Menschen aus dem universitären Bereich, die darin sogar noch nicht ein einziges Mal gescheitert waren.

Wenn Sie bedenken, Doktor, daß meine kanadische Freundin nun einen Satz aussprach, auf den ich gierig gewartet hatte, den ich aber nie erwartet hätte! Diesmal hatte ich Weingarten meine Mitteilung als Ausruf entgegengeschmettert. Und ihn aufgeweckt, wenn auch vielleicht nur für einen Moment.

Was: und dann *das*? Er fragte halb neugierig, halb seiner Pflicht eingedenk. Ich war sein Patient, immerhin brachte ich pro Stunde 150 Mäuse, obgleich das durch das Roden von Müdigkeit und langweiligen Stoff kein leicht verdientes Geld war. Aber es war Geld, es waren diese 150 Mäuse.

Sie sollten zuerst hören, was Hillary, diese Blonde, rosa und weiß vor dem weggestreckten Schirm und in dessen Widerschein rosig beleuchtet, ein schimmerndes Gesicht ...

Sie drücken sich um den Kern der Sache herum. Wir sind hier in keiner Romanwerkstatt, wir arbeiten ... Weingarten wurde wieder müde.

Was sie vor dieser lieblich-idyllischen und doch simulierten Dekoration mit den zur Unterdüngung verdammten Blüten zu mir sagte, Sie sollten das genau mitkriegen.

Wach auf, mahnte ich ihn stumm mit diesen, wie ich halbwegs hoffte, spannungserzeugenden Worten. Ich fands ja auch dumm von mir, daß ich einfach nicht von der Schilderung der Szenerie loskam. Ich klebte dran.

Nun, und, sie sagte? Weingarten blickte mich traurig an, die Schlaftränen glänzten auf dem hellen Blau, und er tat mir plötzlich wieder leid, unverdient oder nicht.

Seit ich in dich verliebt bin, bin ich so problematisch mit dir.

Der Satz war raus. Neulich auf dem Feldweg für Hillary, jetzt bei mir in Doktor Weingartens Patientensessel. Ob er mich je auf seine Couch bitten müßte?

Schön für Sie. Und nach einer Pause fügte Weingarten hinzu: Auf den ersten Blick. Nur auf den ersten Blick schön, wiederholte er, als erinnere er sich der Aporien von purem Schön- und Gutsein, ohne die sein Beruf nicht auskommt. Nichts darf einfach schön sein, ebensowenig einfach gut. Immer muß in einem Treibsand des Unbewußten gewühlt werden, worin sich das krankmachende Material findet. Nun begänne seine Schnüfflertätigkeit – oben hui, unten pfui, sagte er früher einmal bei einer unserer Sitzungen, in der es um meine Liaison mit – vergessen mit wem – ging –, aber er war noch immer zu müde. Oder schon wieder. Doch den Faden hatte er erstaunlicherweise nicht verloren.

Was geschah also darauf mit Ihnen? Sie hatten auf dieses Bekenntnis gelauert, sie provozierten es in der anzüglichen, flirtenden Korrespondenz, in der es zuletzt sogar um die Unterwäsche der Dame ging. Er grinste und kam mir auf einmal hellwach vor. Warens nicht diese Wochentagshöschen, von denen sie schrieb? Diese Slips mit den draufgedruckten Wochentagen, die sie trägt?

Hmhm, machte ich. Das ist Amerika, wie es nach Kanada ausstrahlt.

Und bei denen die Sonntage fehlen? Und Ihre Freundin schrieb: Sie fehlen wegen Gott.

Ja stimmt.

Ich war etwas deprimiert. Ich wußte nicht, ob ich Weingarten ein trübes Geheimnis preisgeben sollte. Damit würde ich mehr mich, der auf seine Freundinnen stolz zu sein wünschte, als Hillary an ihn verraten. Die Pointe – *wegen Gott* gibts keine Sonntagshöschen – war ein Plagiat. Ich fürchte wenigstens, daß sie das war. Ich hatte neulich einen Film gesehen, in dem diese Pointe vorkam.

Ich erinnere mich jetzt ganz gut an die Dame. Weingartens Augen blinkten, aber nicht mehr vor Schlafnässe. Kein Wunder, mit solchen Details fühlen sich seine Ganglien wohl.

Zurück zu Hillarys Bekenntnis. Sie sei verliebt und deshalb ... Ich wollte Weingartens Wachphase nutzen.

Und was passierte daraufhin mit Ihnen? Weingarten putzte seine Brillengläser, dazu sucht er immer ziemlich lang nach Stellen in seinen großen Taschentüchern, die halbwegs unbenutzt aussehen. Natürlich kommt er auf diese Weise niemals zu blanken Brillengläsern, aber mir scheint, er sieht genug, und ihm reicht es offenbar auch.

Ich war gehemmt. Schlimmer: Ich war total blockiert.

Weingarten war nicht überrascht. Es gibt wenig, mit dem er nicht rechnet. Seine seherische Gabe beschränkt sich nicht auf mich, da bin ich ziemlich sicher. Nur Reaktionen, die man gemeinhin *normal* nennt, die allerdings würden ihn überraschen. Und ihm bestimmt mißfallen. Er fände sie langweilig, sie wären berufsschädigend.

Ich hatte doch darauf hingearbeitet, ich meine, auf Hillarys Verliebtheit ...

Sie würden ihr überhaupt nicht mehr geschrieben und mit ihr telephoniert haben, wenn sie nicht in Sie verliebt gewesen wäre, Sie hätten sich nicht mir ihr zu diesem ... Weingarten wußte nicht mehr, zu welchem Anlaß wir uns getroffen hatten, die Schilderung des Spaziergangs fiel in die Schlafsequenz zwischen zwei und halb drei, zu diesem Dingsda getroffen ...

Bestimmt nicht, aber nun wurde ihr Arm in meinem Arm mir lästig, er kam mir bleischwer vor, ich erstarrte zu einer Statue ...

Sie haben was gegen die Realität. Weingarten klang eifrig. Er machte sich sogar die Mühe, sich zu mir vorzubeugen. Das wissen Sie doch. Wir sind längst bis zu dieser Erkenntnis vorgedrungen.

Aber am allerschlimmsten wars, daß ich ...

Ich merkte, ich konnte es körperlich spüren, wie der Draht zwischen Weingarten und mir, kurz heißgelaufen, abkühlte, kaum noch glomm, und die Zeit blieb nicht stehen, ich mußte mich beeilen: Ab sofort hat Hillary mich nicht mehr interessiert. Von oben bis unten, von innen und außen ... Ich lachte etwas albern: Was man so von A bis Z nennt.

Es ist Ihnen kürzlich mit dieser ... Weingarten scharrte in seinen komischen Karten, die er über mich angelegt hat, er benutzt die Rückseiten von irgendwelchen Ansichtskarten, wie man sie zum Jahreswechsel von Wäschereien und Apotheken geschickt bekommt: weiches Papier, nichts für den Streß der Post beim Versand, und vorne drauf Blumenphotos oder Kätzchen mit ihren eingedrückten beleidigten Gesichtern.

Mit Roswitha Dernbach, half ich ihm. Also, dort zwischen den Äckern und in der säuseligen Wassertröpfchenluft und mit Hillarys Arm so schwer wie Blei in meinem wollte ich nur noch schleunigst nach Haus in meine Souterrainhöhle ...

In Ihr Unterbewußtsein, unterbrach mich Weingarten. Selten klang er so streng wie jetzt, als er ergänzte: Das ist nun schon Ihre dritte Wohnung im Souterrain. Ihr Maulwurfsleben gibt zu denken. Sie wollen in Ihr Unterbewußtsein hinuntersteigen ...

Aber das wäre ja eigentlich gut, im psychoanalytischen Sinn, sagte ich listig, und es tat mir sofort leid, denn Weingartens Ausdruck wurde zuerst hilflos, dann, um dies zu verbergen, ungehalten.

Ich wollte sie auf dem schnellsten Weg loswerden.

Weingarten mußte sich aufraffen, wohl oder übel, und das alte Gemäkel an der kastrierenden Liebe meiner armen Mutter hervorkramen. Manchmal fällt ihm wirklich nichts Neues ein. Er nahm sich die gute Frau wieder vor, so daß die Langeweile, wenn auch nicht Schläfrigkeit, nun zu meinem Part wurde. Geschah mir das recht? Ich fand, daß er sich unaufhörlich irrte, hundertmal hatte ich ihm beteuert, meine Mutter habe mich ganz natürlich geliebt, und als er mich beim ersten Mal deswegen fast auslachte, beleidigte er sie. Mittlerweile erkenne ich in seiner Penetranz sein berufliches Ethos. Ich widersprach zwar, ließ ihn aber weitermachen, und obwohl er mich enttäuschte und ich eigentlich genug von ihm hatte, war ich gekränkt, als ich ihn beim schlecht verheimlichten Blick auf seine Armbanduhr ertappte: Er tut immer so, als müsse er sich wegen eines unerklärlichen Insektenstichs kratzen – er braucht ja den Blick aufs Handgelenk.

Doch meine Zeit bei ihm war weder um, noch fesselte ihn diesmal der alte Hut vom verderblichen mütterlichen Klammereffekteinfluß, ich schätze, auch er selbst hielt ihn allmählich für verbraucht. Können Analytiker von ihren eigenen Eltern, natürlich nur sofern es auf sie zutrifft, in aller Ruhe feststellen: Das waren sympathische, angenehme

Leute, und ich hatte sie gern, wir haben uns miteinander wohlgefühlt. Können sie das? Wenn ja, verdrießt es sie nicht? Denn, obschon paradox, wer würfe nicht lieber einen freundlichen Rückblick auf sich und seine Kindheit und Jugend mit dem dazugehörenden Personal? Auf die Hauptdarsteller und die Statisten? Nein, ich denke, berufsbedingt fahnden die Analytiker nach dem jeweiligen Ur-Übel. Von kleinen Beanstandungen gehts rasch weiter zu den schwergewichtigen Fehlern, die sich in berühmten Komplexen, namhaften Verklemmungen und gravierenden, Seele und Körper verletzenden Störungen verzweigen.

Kurzum, Doktor Weingarten ließ von meiner armen guten Mutter ab und fragte mich nach Reili. Sie heißt Reili, weil ihre Eltern sich, während sie als Embryo im Leib ihrer Mutter zu dem fröhlichen Wesen heranreifte, das sie wurde, Jeremias Gotthelf vorlasen, Abend für Abend.

Reili ist eine meiner anderen Freundinnen, so wie Hillary eine aus der ersten Reihe, doch während Hillary mich oft eher einschüchtert – mit ihrem beruflichen Wissen und Erfolg, mit ihrer Coolness, die aber, siehe Spaziergang, dahinschmelzen kann wie eine Eisscholle im Klimakollaps –, hat Reili mich noch nie erschreckt und mir immer mein Überlegenheitsgefühl gegönnt, und ich habe bereits erwähnt, daß ich dieses Gefühl dringend brauche, zum Beispiel unter anderem dazu, um auf andere Menschen einen unbefangenen, einladend netten Eindruck zu machen.

Reili war bis vor einem halben Jahr nie ein Problem. Bis sie sich in einen Schüler aus ihrer Malklasse verliebte. Ich hatte Doktor Weingarten davon erzählt. Er fand natürlich sofort, ich reagiere mit Eifersucht auf diese Verliebtheit. Eine für einen Analytiker beschämend einfache Diagnose. Die Dinge waren viel komplizierter, und für Weingarten hätten sie ein gefundenes Fressen sein müssen. Wirklich, er enttäuschte mich. Ich hatte ihm erklärt: Was der Student bekam, hätte ich x-mal vorher haben können. Reili ist ein rein reaktiver Mensch, sie gestand mir einmal, sie hänge vollkommen von den Inspirationen durch andere Menschen ab, das heißt, sie *läßt* sich inspirieren, und dann ists um sie geschehen, und sie kann hochgradig inspiriert sein. Macht man ihr, so wie dieser junge Bursche es tat, auf hollywoodreif melodramatische Weise den Hof, borgt sich all diese Filmkitscheinfälle und schickt Rosen oder läßt plötzlich auf dem Gang der Akademie für Bildende Kunst einen Champagnerkorken knallen, nachdem man sich seiner Dozentin in den Weg gestellt hat, dann *ist* sie verliebt, dann kann sie gar nicht anders, und zwar noch mehr verliebt als der zuvor in sie Verliebte. Alle diese Anstrengungen hätte ja auch ich auf mich nehmen können. Aber wie bei Hillary und allen anderen hat michs auch in der Reili-Beziehung nicht interessiert, ans Ziel zu kommen. Ich wünschte mir nichts Konkretes. Ich habe das Latente gern.

Das ist doch keine banale Eifersucht. Ich schlug Weingarten vor, über meine geringe Lust nachzudenken, für Reili und ihr Problem – sie ist verheiratet –, den Berater zu spielen.

Er blieb dabei, es sei Eifersucht. Ohne Eifersucht würden Sie ihr vielleicht ganz gern raten. Aber so.

Sie ist anhänglich wie eh und je. Sie hat jetzt ihre Ehe wieder ganz gut im Griff, erzählte ich Weingarten. Aber ihr Mann entnervt sie, wenn er für jede zärtliche Geste, die sie ihm gönnt, in die Knie geht, der Trottel. Sie betritt das Schlafzimmer, und da liegt er, bis zur Nase zugedeckt, mit einem bittstellerhaften Ausdruck in den Augen, den Rauschebart teils über, teils unter der Bettdecke.

Weder ihr Mann noch die Dame selbst sind meine Patienten. Was ist mit Ihnen und dieser Reili?

Ich war Weingarten für seine Rückkehr zu mir als der Hauptperson dankbar. Wie ich in diesem Moment erst merkte, war mir vorher, als ich mich bei Reili und ihren Geschichtchen verzettelte, gar nicht wohl gewesen.

Was soll sein?

Wie weit gehen Sie mit ihr? Zur Zeit? Weingarten kramte wieder in seinen Ansichtskartenrückseiten. Da! Es war fast mal intim. Hehe, immer schön am *Ziel* vorbei. Immer auf dem *Weg*.

Sie hat eine zu kleine Lippenfalte, also ist Küssen ein Problem, aber sonst ... Das mit der zu kleinen Lippenfalte hatte ich von Reili, und die hatte es von ihrem Mann, beziehungsweise er war der mit der zu kleinen Lippenfalte. Plötzlich muß ich mich wohl von Weingartens Verdacht befreit haben wollen, ich wäre entweder impotent oder, ohne es zu wissen, ein Homo.

Und Sex mit ihr? Zur Zeit geht das wohl nicht, aber vielleicht ... wenn Sie diesen Malschüler ausschalten wollen ...

Ich mache keinen Sex mit Frauen, bei denen ich nicht die erste Geige spiele, verkündete ich streng. Wenn nicht ich die Hauptperson bin – dann kann ich die Sache vergessen.

Weingarten, der mir wieder zu ermüden schien, wies mich auf Hillarys Angebot hin, für sie zum Protagonisten aufzusteigen.

Aber sagen Sie mir, rief ich, warum geht bei mir weder das eine noch das andere? Weder die Hauptrolle noch die Nebenrolle? Die erste Geige nicht und nicht die zweite? Die erste ist mir zu direkt ...

Sie meinen, man verlangt zu viel von der ersten?

Kann sein. Zu hochgespannte Erwartungen. Und die zweite, die zweite ist ... an die werden zu geringe Erwartungen gestellt, sie ist eben nur die zweite ...

Offenbar verlor Weingarten den Faden, oder er fand mich jetzt allzu allgemeinverständlich, denn bis auf das Phänomen, daß ich nicht gern bei Hillary oder Reili und auch nicht bei meinen anderen Freundinnen in medias res zu gehen wünschte – doch auch das war erklärbar, gesetzt den Fall, ich selber wäre eben nicht scharf auf sie –, paßte die Unlust, in der Reihenfolge von Gunst und Interesse statt auf einem Logenplatz irgendwo im Rang abgesetzt zu werden, auf jeden ganz normal Empfindenden. Dazu mußte man kein Patient sein. Um mich wieder zum schwereren Fall zu machen und seine 150 Mäuse weiter an mir zu verdienen, brauchte er einen Einfall. Mich wunderte es nicht, mit welchem Einfall er sich beglückte, mich dann schließlich auf den Gedanken brachte, die Sitzungen bei ihm aufzugeben.

Es ist die Mutter, sie ists, glauben Sie mir, sie hat Ihr Frauenbild geprägt. Sie hat die Weichen dafür gestellt, daß Sie ein Solist wurden.

Das hat sie ganz und gar nicht, wollte ich erwidern und ihm aus meiner von anderen Kindern gar nicht isolierten Kindheit erzählen, aber erstens wäre das vergeblich gewesen, wie ich wußte, zweitens neigte sich meine Stunde dem Ende zu.

Sie bedienen das Schlagzeug. Weingarten klang etwas matt, sah aber stolz aus. Er darf mittags nicht schwer essen, hatte es aber heute offenbar getan, er unterdrückte sogar einen Rülpser. Vermutlich hatte seine etwas altdeutsche Frau ihm zum Mittagsmahl Kraut serviert. Wir beide haben Mitleid nötig, Weingarten und ich. Nur, immerhin, er erhielt von mir die Kohle – 150 halte ich für gut bezahlt für die Schläfrigkeit und die analytisch-interpretatorischen Mißgriffe –, während ich leer ausging, nur mit meiner armen, unschuldigen Mama beladen.

Übrigens gehe ich trotzdem weiter zu Doktor Weingarten. Ich habe mich einfach an ihn gewöhnt. Er würde mir, im Fall einer Trennung, fehlen. Nur habe ich jetzt einen besseren Termin bei ihm ergattert, ich verspreche mir einiges von der Stunde zwischen sechs und sieben. Vorher nimmt Weingarten Tee mit Rum zu sich und ist dann lebhaft, die Gespräche sind also ergiebiger geworden, meine Mutter kommt seltener, oft gar nicht mehr als Sündenbock vor, und sie könnten noch interessanter und für mich aufschlußreicher werden – jedoch ... nun bin ich es, der, egal, ob Geld vergeudet wird oder nicht, darum bitten muß, früher aufzubrechen. Fünfzehn Minuten mindestens. Bis nach Haus habe ich eine halbe Stunde Fahrt in der S-Bahn, vorher acht Minuten zu Fuß bis zur Haltestelle, ich rechnete das so genau aus, weil das die Zeit ist, die ich mindestens, aber wirklich mindestens, brauche, um mich für Margot in einen fröhlichen, unschuldigen und dabei doch gleichmütigen, ja geradezu kaltblütigen Burschen zu verwandeln. In eine Hauptperson, leider leider. Die dem ganz gewöhnlichen Schrecken standhalten kann. In einen Ehemann eben. Irgendwann vielleicht mehr darüber bei Doktor Weingarten.

Das Geburtstagsherz

Es ist ja merkwürdig, aber Sie sind der erste, der es erfährt. Noch nicht mal meine Geschwister ... es geht um das Geburtstagsherz: Ich telephoniere mit meinem Konditor. Wenn er frei hat, bastelt er Schiffe und schreibt über seine Jugend in einem der baltischen Länder, ich weiß nicht, in der wievielten Fassung.

Er klingt erfreut, als er sagt: Was für ein Zufall! Gerade lege ich die Glasur an, ist Ihnen *Der lieben Mutter* recht? Ich hätte dafür Schokoschrift auf Marzipan ... oder möchten Sie *97 Jahre* drauf? Ist doch eine Leistung, 97!

Wie bei Ihrem Vater, sage ich. Der Konditor ist der einzige, bei dem ich es ohne Neid vertrage, daß sein Vater noch durch die Gegend reist und morgens schon früher als sein Sohn in der Backstube steht. Alles das, während der Körper meiner Mutter unbeweglich auf einer Couch liegt, wo sie zum hundertsten Mal die »Forsyte Saga« oder »Mansfield Park« liest, manchmal Kinderbücher. Noch lieber schläft sie. Unbeweglich stimmt auch heute, aber sie liest nichts.

Das klappt nicht mit dem Herz, sage ich, nein nein, diesmal ists nicht wegen Glatteis.

Wir kriegen wohl überhaupt keinen Winter mehr. Der Konditor klingt vergnügt, er redet gern mit mir. Wenn ich in den Laden komme, wird es oft langwierig. Er hat seinen ja ebenfalls künstlerischen Beruf gern, doch raubt der ihm zuviel Zeit für die Schiffe und erst recht, denn dafür darf man nicht müde sein, die Konzentration aufs Schreiben. Wir erinnern uns ans letzte Jahr, als Simon und ich wegen Glatteis nicht zu meiner Mutter fahren konnten und der

Konditor durch sein Schaufenster ein paar waghalsige Fußgänger beobachtete, die übers Trottoir schlitterten. Es wäre nicht leicht, das Geburtstagsherz loszuwerden, doch würde er sich was einfallen lassen, hatte er damals gesagt. Während ich mit ihm telephoniere, vergesse ich, daß heute kein Tag wie jeder andere ist.

Damals wollte ich das Herz bloß stornieren. Ich habe meiner Mutter einen Gutschein geschickt, und sie hat sich bis in den Februar drauf gefreut, sage ich. Stellen Sie sich vor, mehr als neunzig Jahre diese Passion für Süßes! Ihre beiden Schwestern sind genauso.

Der Konditor erfährt nichts Neues, hört es aber immer wieder gern. Er plane mit den kandierten Früchten eine extraüppige Garnierung, erfahre ich.

Ich wußte nicht, daß Sie schon soweit sind, sage ich und seufze. Und jetzt mache ich Ihnen wieder wie beim Glatteis letztes Jahr das Problem, das Herz irgendwie anders zu verwerten.

(Machs kurz, sagt im Vorbeigehen Simon, er hat schon den Mantel an. Wir müssen fahren.)

Ja, das ist ein Problem, sagt der Konditor, aber ich werds lösen. Weil Sie es sind.

Das ist sehr sehr nett, sage ich.

Sie fahren gar nicht zu Ihrer Mutter? Er hofft, doch noch sein Herz loszuwerden. Ich müßte es ihm eigentlich abnehmen, aber ich mache mir nichts aus Biskuit, und Simon darf nichts mit Eiern essen, vor allem aber würde mich das Herz im Haus stören.

Doch, das schon, wir fahren hin, sage ich. Und die zwei Schwestern meiner Mutter essen ja, wie Sie wissen, auch furchtbar gern Süßes, normalerweise. Nur, die Stimmung wird dort nicht so passend sein … oder schon der Anblick … Sie machen das Herz immer so wundervoll rosig und …

Es ist für mich jedesmal eine willkommene Abwechslung, etwas frei Gestaltetes, sagt der Konditor.

Es ist immer genial, sage ich. Und meine Mutter hat es gewürdigt. (Ich kann sogar lachen, und das, obwohl sich nun Simon mit einem finsteren Ausdruck vor mir postiert hat.) Den Anblick bewundert, aber nicht allzulang, ihre Lust aufs erste Stück war zu groß. Diese Geburtstagsherzen, sie wurden nie alt.

Der Konditor lacht mit.

Keins hatte eine Chance gegen die Lebensausdauer der Adressatin. (Weil ich kurz lache, forscht Simons nun grimmiger Blick mich aus. Er tippt gegen das Zifferblatt seiner Armbanduhr.)

Nein, mit einer Haltbarkeit von 97 Jahren kann ich in der Backstube nicht konkurrieren, sagt der Konditor.

Und wenn er auch noch so gern mit mir redet, allmählich muß er wissen, was los ist.

Es ist mir peinlich, weil Sie ja Ihren Cafégästen keine Stücke anbieten können, die wegen der Sonderanfertigung und überhaupt all der Zutaten wahrscheinlich viel teurer sind als das übrige Angebot. Aber meine Mutter, sie kanns nicht essen.

Ist sie krank? Dann können wirs doch wie im letzten Jahr machen, und sie freut sich wieder über den Gutschein.

Nein, sie ist nicht krank, glücklicherweise. (Simon tippt sich gegen die Stirn und sieht mittlerweile wütend aus.) Es ist beim Zähneputzen passiert, und wegen dieser Bestellung sind Sie der erste, der es erfährt, ich finde das eigenartig. (Ich verschweige, daß es mir auch ganz gut tut.) Meine Mutter, sie lag schon im Bett, gestützt gegen die zusammengestopften Kissen, im Liegen kann man sich die Zähne nicht putzen lassen …

Der Konditor lacht und sagt: Wenn sie noch ihre eigenen Zähne hat, ist das ein Punkt für sie und ein verlorener für meinen alten Herrn.

Meine Mutter hat schon lang nicht mehr ihre Originalzähne, und es beschämt mich, daß ich nichts von den Zahnputzritualen bei den drei Schwestern weiß. Darüber verliere ich aber kein Wort, sondern sage: Ihre jüngste Schwester merkte plötzlich, daß sie den Mund nicht mehr zumachte, als sie zum Ausspülen den Becher an die Lippen gehalten kriegte ... sie war einfach eingeschlafen.

Wie verwunderlich: Der Konditor versteht. Ein schöner Tod. So wünschen wir ihn uns alle. Wissen Sie, ich schenke Ihnen das Herz.

Aber nein, das kommt nicht in Frage! Sehr lieb, vielen Dank, aber ich werds doch kaufen.

Klingt der Konditor erleichtert? Er sagt: Vielleicht hellt es ja dort die Stimmung ein wenig auf. (Meint er damit, daß ich das Herz kaufe?)

Ihr Herz in einem höheren Sinn, es ist ja ein Geburtstagsherz, ich meine, Auferstehung, ewiges Leben. Ich mache eine Pause, lache minimal. Sieht nur so aus wie ein Todestagsherz. Wir kommen gleich vorbei, wir müßten längst unterwegs sein, und ich kaufe das Herz.

Daß es so eilt, ist schade, sagt der Konditor, denn wie die Dinge jetzt stehen, paßt rosa nicht mehr, ich würde es gern durch eine Schokoladencouverture ziehen, nur kostet das ein klein wenig Zeit. Bittere Schokolade ist angemessener, dunkel siehts ernster aus. Feierlicher.

Das soll es gar nicht! Ihre Idee ist zwar wieder mal exzellent einfühlsam, aber alle drei Schwestern haben von jeher bittere Schokolade verabscheut. Nicht süß genug. (Es fällt mir leicht, noch mal ein bißchen zu lachen, der Konditor erwartet von mir, daß ich scherzhaft bin, um meinen Humor beneidet er mich.)

Meine Güte, seufzt Simon im Auto. Was mußt du diesem Mann alles beichten. Bestellt ist bestellt, und wir hätten das Herz gekauft, basta. Nachdem er sich in den Freitagsverkehr auf der rechten Spur der Autobahn eingefädelt hat, hört er sich friedenstiftend an: Freut mich aber, daß du so gelassen reagierst, lachst, redest, wenn auch zuviel. Jetzt ist er es, der lacht.

Traurig werde ich noch, das steht fest; bis jetzt bin ich auf der Strecke zu den drei Schwestern nur nervös, aber weniger wegen diesem Tod. Ich muß aufpassen, dort nicht herumzupredigen, mein eifriger Kummer hat schon bei andern Todesfällen affektiert gewirkt, unechter als der schweigsame der andern.

Sie schlief so gern, sage ich. Und keiner muß heute kochen, wir haben ihr Herz.

Scherben hätten Glück gebracht

Wieder eine weniger. Eine aus unserer alten Clique weniger. Er legte die Zeitung eng und mit dem kurzen Nachruf nach oben gefaltet auf den Glastisch, an dem sie alle drei schon ziemlich weit mit dem Besäuseln vorangekommen waren. Nichts Außergewöhnliches für die immer noch schwülheißen Vorabende während der Hitzewelle. Er war streng entschlossen, die unübersehbare körperliche Verdichtung seiner Frau wie ein Transparent zu behandeln, und sandte einen kühnen Blick an alle und niemanden aus, der wie eine Gewitterwolke über seinen Worten schwebte: Sie schreiben verdammt reichlich kurz über sie. Schließlich war sie jemand. Er beugte sich vor, um mit seinem gekrümmten Zeigefinger auf die kleine Spalte zu hämmern, in die der Nachruf geklemmt war, und hatte damit gerechnet, daß ihm zu diesem Thema sein Verstand mehr und Bedeutsameres zuliefern würde, damit er aus diesem Material mindestens drei bis vier Sätze fabrizieren könnte, aber ihm fiel nichts ein. Daraufhin fühlte er sich beeinträchtigt und schlecht bedient und entschied sich für einen zornigen Ausdruck. Sein Kopf war rot, das spürte er, und seine mit Ausnahme einer leichten Kurve senkrecht verlaufende Stirnfalte tat ihm weh wie eine Narbe. Schließlich, sie war jemand, wiederholte er.

Innerhalb der Stadtgrenzen, sagte seine Frau. Sie befand sich in dem alkoholisierten Zustand, der sie normalerweise gleichmütig stimmte, klang aber jetzt spitz. Mit dem Mut der Frauen, die es geschafft haben, voll hinter ihrer üppigen Fleischlichkeit zu stehen (er vermutete, nach allerlei postklimakterischem Hadern und den trotzigen Querelen zwischen Wille und Vorstellung, Hoffnung und Hormonen fände sie sich sogar auf eine neue Weise attraktiv), wuchtete sie ihre dicken nackten Beine auf einen Gartenstuhl. Ihre Haut erinnerte an Landkarten, auf beiden Beinen, woher bekam sie nur so viele blaue Flecke, zwischen den flußähnlichen Adern war sie geradezu hämatomisiert, und er genoß das in diesem Moment: Die andere war immerhin tot – tot! –, da kam doch der komisch gestockte Blutkreislauf seiner Frau einer kleinen Revanche gleich. Übrigens war ihre Gemütlichkeit im Sessel und mit den hochgelegten Beinen aufreizend. Vielleicht allerdings mehr aufgesetzt als echt. Wäre in diesem Zusammenhang kein Wunder. Ohne den gerade noch richtigen netten Alkoholpegelstand in ihrem breitangelegten Organismus hätten seine Worte über den zu kurzen Nachruf sie höllisch aufgeregt. Daß sie jetzt anfing, *Zehn kleine Negerlein* zu singen, machte ihm nichts aus, um der Toten willen wahrhaftig gar nichts, doch geschmacklos war es, und das kriegte er noch gut mit. Er sagte ihr, sie vertue sich in der Zahl. Zehn sind wir leider schon längst nicht mehr.

Mit dem guten alten ehelichen schadenfrohen Lachen drehte er seinen Kopf zur jungen Nachbarin hin. Künstliches Seufzen, als täte es ihm tatsächlich leid, das arme Ding: Rechnen war noch nie ihre Stärke. Noch ein Lachen, noch ein Seufzer, noch mal *armes Ding* und: Im Rechnen war sie schon immer schwach. Wen meinte er mit *armes Ding*? Seine Frau oder die verstorbene Person? Paßte beides auf seine Art. Aufgepaßt, alter Knabe, daß du nicht selber geschmacklos wirst. Denn dieser Todesfall war wie eine Auferstehung, aus den tiefen Wassern der Vergangenheit hatte er ein Drama ins Schleppnetz genommen und ans Tageslicht gefischt. Und wenn seine Frau auch im Rechnen eine Null war, genausogut wie damals konnte sie es heute bei ein mal eins auf zwei bringen, auf einen Mann und eine Frau, und daß dies nur rein mathematisch stimmte, bekam ihr Instinkt heraus und ihre verdammte weibliche Spürnase für alles Romantische und ihre Phantasie, begabtes Kind zu ihrer Zeit: Zwei mal eins ist manchmal eine dicke schöne Eins. Nur überhaupt nicht schön für sie.

Seine Frau wiederholte das Liedchen, indem sie diesmal bei *fünf* anfing, machte zwischendurch ohne Text tralala und endete mit: Dann warens nur noch vier. Traurig traurig. Ich hab nicht nachgezählt, vielleicht sind wir doch noch mehr als vier Übriggebliebene.

So ist das Leben. Die junge Nachbarin mußte kichern. Meine Eltern haben eine bescheuerte Angst davor, eines schönen Tags die älteste Generation zu sein. Ich hab noch zwei Großmütter und eine Menge Tanten und Onkel, und denen gehts gut, aber sie haben einfach diese Angst. Sie lachte, es hörte sich wie ein Gezwitscher an, und es segelte davon, aber das Baby fing an zu quengeln, hörte wieder auf.

Die Hitze blieb in der Luft kleben. Es müßte doch allmählich abkühlen. Kein Wunder, daß sie zuviel tranken. Wenn seine Frau aufstand, um neues Eis in den Kübel zu füllen und neuerdings auch frisch gepreßten Grapefruitsaft aus der Küche mitzubringen, ging sie so betulich langsam, als täuschte sie eine gründliche Nachdenklichkeit vor oder beobachtete irgendwas auf dem Kiesweg. Aber sie schwankte trotzdem. Vorsichtig mimte sie die Frau, die eine ganze Menge vertrug, aber die war sie nicht. Die in schwerer See erfahrene Fregatte nahm sich einen strengen Lotsen an Bord, der *langsam langsam* befahl.

Ihre junge Nachbarin fand es vor ihrem letzten Glas (*es muß einfach das letzte sein, sonst gibts Ärger*) sicherer, das Baby (riesengroße feuchte Augen, eingeschnapptes Gesicht) auf ein Tuch ins Gras zu legen.

Es wird zur Zeit viel gestorben, sagte er. Er betrachtete wieder das Photo in der Mitte des kleinen Nachrufs, holte die Zeitung vom Glastisch und hielt sie vor seine Augen. Sie hatten ein etwas älteres Photo von ihr abgedruckt, eins, auf dem sie bestimmt noch von keiner einzigen Krebszelle gepiesackt wurde. Er bedauerte das. Auf dem Photo erinnerte sie ihn sehr an früher, aber er war neugierig drauf, wie sie als Todkranke wohl ausgesehen haben mochte. Weil er nicht ganz sicher war, ob ihn das beschämte oder ob es menschliches Interesse war, so was wie äußerste Anteilnahme und eben kein Charaktermakel, brauchte er einen ermutigenden neuen Drink. Er setzte sein Basecap ab, strich sich durchs zerknautschte dicke weiße Haar, setzte die Mütze wieder auf. Sie war aus schwarzem Stoff mit der weißen Aufschrift *Raider* über dem Schild, das er manchmal hochgeklappt trug. Vorhin hatte die Nachbarin gefragt, ob er es ohne die Mütze nicht kühler hätte, und ihm war nur eingefallen, *ich bin an sie gewöhnt* zu erklären. Das fiel ihm jetzt ein. Der kurze Augenblick ohne Mütze war wirklich etwas angenehmer gewesen. Er blickte auf die Landkartenbeine seiner Frau und dachte: Auch an die bin ich gewöhnt. Wäre manches angenehmer ohne sie. Aber Gewohnheit ist auch etwas Gutes, sie ist etwas sehr sehr Wichtiges, vielleicht das Wichtigste überhaupt, dachte er.

Seine Frau sagte: Nicht besonders geschmackvoll.

Was denn? fragte er.

Auch die Nachbarin blickte neugierig auf seine Frau, und vielleicht deshalb antwortete sie ihr und nicht ihrem Mann: Daß ers überhaupt erwähnt. Daß er überhaupt nur ein Wort drüber verliert. Über den Nachruf und ihren Tod … geschmackvoll würde ich was anderes nennen.

Die Nachbarin rupfte Grashalme aus. Sie mußte wieder kichern und gleichzeitig aufpassen, daß sie nicht vom Stuhl kippte. Das Baby machte seine nörglerischen Startlaute für bevorstehendes Schreien. Sein drolliges beleidigtes Gesicht sah verärgert aus.

Er betrachtete die nackten Füße seiner Frau und anschließend die der Nachbarin. Die Füße der Nachbarin waren hübsch mit glatter Haut, nur vom Schwitzen etwas angedickt und leicht gerötet. Die Zehen an den Füßen seiner Frau erschienen ihm plötzlich wie ein mißglücktes Gebiß, sie standen kreuz und quer mit zu großen Zwischenräumen, der eine Zeh nach rechts, der andere nach links weggespreizt, und die letzten, kleinsten Zehen duckten sich unter ihren Nachbarn fast ganz weg, waren bloß Stummel. Das Fleisch auf dem Spann war geschwollen. Ihre zu engen Sandalen hatten die Riemenmuster eingegraben. Es waren stark beunruhigte Füße, ganz besonders die Zehen machten einen aufgeregten und zänkischen Eindruck.

Sie hat völlig recht, es ist geschmacklos. Er war betrunken genug für Reue, Selbstanklage, Rührseligkeit, Bekennermut, für alles. Sie war meine große Liebe, und da beglotze ich nun ihr Zeitungsphoto. Pfui! Er spuckte aus.

Das Baby betrachtete ihn und wurde ganz still, weil es überlegte, wie das ging, ausspucken. Es versuchte, dahinterzukommen, und brachte ein Gesabber vor seinen winzigen Mund, aber von dieser Rampe aus nicht weg, und es probierte weiter, ein Schleimfaden rann ihm übers Kinn. Die Nachbarin packte das Baby, aber dann merkte sie, daß es bei ihr in Gefahr war, und sie legte es wie einen Teigklumpen wieder ab.

Aber an eurem ... der wievielte Hochzeitstag ists? Kichern genügte der Nachbarin nicht mehr, sie lachte laut, und jetzt versuchte das Baby, Lachen nachzuahmen, doch sah es mißmutig aus. Ihr seid mir zwei!

Es ist heute unser siebenundvierzigster Hochzeitstag. Seine Frau artikulierte feierlich-langsam. Beim Bestreben, den Eindruck von Würde zu verströmen, störte sie ein Rülpsen.

Also ist diese große Liebe vor sicher mehr als dreißig Jahren gewesen, so ungefähr. O Gott, kann ich noch gut rechnen! Die Nachbarin sagte, sie müsse jetzt allmählich nüchtern werden. Wenn *meine* große Liebe stocknüchtern von der Arbeit kommt und sich sein erstes Bier aufreißt und ich nicht klar im Kopf bin, komm ich in Teufels Küche. Meine *große Liebe*, o verdammt, ist das wunderbar. Die Nachbarin packte es, es war ein Kunstwerk, vom Gartenstuhl zu gleiten und fast gerade zu stehen. Gut, ihr seid nicht mehr die Jüngsten, aber von vorgestern seid ihr nicht, ihr seid nicht wie die Leute in eurem Alter. Und deshalb ists nicht geschmacklos, man *muß* sogar zu seiner Vergangenheit stehen, ich habs neulich im Psycho-TV gehört.

Ihr Jungen von heute, ihr habt Spatzenhirne und Spatzenseelen. Meine Frau hat vollkommen recht.

So, hab ich das also? Seine Frau fauchte ihn an, und dabei fiel sie schräg über den Glastisch und warf alles um, was drauf stand – aber es gab nur eine klebrige Überschwemmung und keine Scherben. Scherben hätten wenigstens Glück gebracht, rief die Nachbarin, und endlich schrie das Baby, für ihn aber, der sich jetzt mit der Zeitung, Nachruf obenauf, ein bißchen Luft ins heiße Gesicht unter den Mützenschirm fächelte, für ihn hörte sich das Babygeplärr wie Auslachen an.

»Man muß sich die Kunden des Aufbau-Verlages als glückliche Menschen vorstellen.«

SÜDDEUTSCHE ZEITUNG

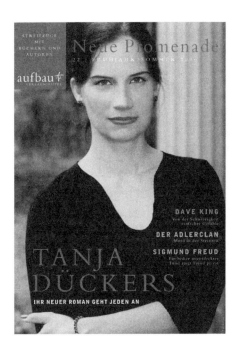

Streifzüge mit Büchern und Autoren:
Das Kundenmagazin der Aufbau Verlagsgruppe finden Sie kostenlos in Ihrer Buchhandlung und als Download unter www.aufbau-verlag.de. Abonnieren Sie auch online unseren kostenlosen Newsletter.

Snorre Björkson
Präludium für Josse
Roman
262 Seiten. Gebunden
ISBN 3-351-03085-1

Ein Sommer voller Glück und Poesie

Holtes liebt Josse, und sie liebt Johann Sebastian Bach. Das erste Mal begegnen sich die beiden im Posaunenchor auf einem Friedhof im November. Nichts scheint verheißungsvoller als der bevorstehende Sommer, denn Josse hat das Abitur in der Tasche und genießt ihre freien Tage. Um ihr Herz zu gewinnen, macht Holtes einen verwegenen Vorschlag und entführt Josse auf eine Reise: Die Bach-Biographie im Gepäck unternehmen die beiden eine Wanderung auf den Spuren des Komponisten. Sie erleben einen Sommer der Liebe zwischen duftenden Wiesen und Getreidefeldern und verbringen romantische Nächte unter freiem Himmel. Irgendwann aber erreichen sie Lübeck, das Ziel der Reise, mit dem sich ihre gemeinsame Zeit dem Ende nähert. Ein warmer, tiefgründiger und zu Herzen gehender Roman über Musik, große Gefühle und den Zauber des Augenblicks, geschrieben in einer meisterhaft komponierten Sprache.

Mehr Informationen erhalten Sie unter
www.aufbau-verlag.de oder in Ihrer Buchhandlung

Tanja Dückers
Der längste Tag des Jahres
Roman
213 Seiten. Gebunden
ISBN 3-351-03068-1

Ein Roman, der unser aller Leben betrifft

Das Läuten des Telefons reißt vier Geschwister aus ihrem Alltag: Gerade ist der Vater, das »Zentralgestirn« der Familie, gestorben. Was die Todesnachricht bei den Geschwistern auslöst, fügt sich subtil zu einem scharfsinnigen Familienporträt zusammen. Selten ist dieser einschneidende Moment eindrucksvoller eingefangen worden als in dem neuen Roman von Tanja Dückers. Unter dem Eindruck der Todesnachricht erkennen die längst erwachsenen Kinder auch den eigenen Lebensweg in unerbittlicher Schärfe. In ihrem raffiniert erzählten Roman blickt Tanja Dückers hinter die Kulissen einer Familie, in der Erfahrungen und Lebensstile zweier Generationen aufeinanderprallen.

»Tanja Dückers erzeugt einen Erzählsog, dem man sich nicht entziehen kann.« DIE WELTWOCHE

Mehr von Tanja Dückers im Taschenbuch:
Café Brazil. Erzählungen. AtV 1359-0
Himmelskörper. Roman. AtV 2063-5
Spielzone. Roman. AtV 1694-8

Mehr Informationen erhalten Sie unter
www.aufbau-verlag.de oder in Ihrer Buchhandlung

Magdalena Felixa
Die Fremde
Roman
198 Seiten. Gebunden
ISBN 3-351-03037-1

Das eindringliche Porträt einer pulsierenden Großstadt

Magdalena Felixa erzählt die Geschichte einer jungen Frau in Berlin – gesehen mit den aufmerksamen Augen der Fremden, die zwischen Glücksjägern, Nachtgestalten und Gescheiterten lebt. Sie wird zum Seismographen des Lebens in der Großstadt, ihre eindringlichen Bilder sind von entlarvender Schärfe. Sie beobachtet die Menschen genau – ob am Ku'damm oder am Prenzlauer Berg, in der Lobby des Nobelhotels Adlon oder den Plattenbauten der Randbezirke. Sie will unerkannt bleiben, denn sie ist auf der Flucht, drückt sich in Szene-Clubs herum, auf Vernissagen und in Striplokalen. Mit dem Blick ihrer »Fremden« entwirft sie ein intelligentes Sittenbild unserer Zeit. Ein Aufruf innezuhalten und die Sicht zu schärfen für das, was das Leben wirklich ausmacht.

»**Magdalena Felixa ringt ihrer ›Fremden‹ ganz neue bürgerverachtende Töne ab. Man erkennt manche der Porträtierten aus Berlins Kunstschickeria mit Vergnügen wieder, und irgendwie verzaubert sie die Berliner Baustelle mitsamt den Schattenspielern und Originalen.**« DER SPIEGEL

Mehr Informationen erhalten Sie unter
www.aufbau-verlag.de oder in Ihrer Buchhandlung

Barbara Frischmuth:
»... vielschichtig, humorvoll und zauberhaft verspielt« Die Presse

Die Mystifikationen der Sophie Silber
Die märchenhafte Welt der Feen und Waldgeister ist in diesem phantastischen Roman auf wunderbare Weise mit der Geschichte Sophie Silbers verwoben. Die Schauspielerin ist der einzige menschliche Gast eines merkwürdigen Kongresses, auf dem die Geister den Dialog zu den Menschen suchen. »Voll Dramatik und voll wunderbarer Intensität« die presse
Roman. 318 Seiten. AtV 1795

Amy oder Die Metamorphose
Eines Tages erwacht die Fee Amaryllis Sternwieser, die man bereits aus dem Roman »Die Mystifikationen der Sophie Silber« kennt, als junge Frau. Von nun an heißt sie Amy Stern, ist Studentin, jobbt als Serviererin und möchte unbeteiligte Beobachterin der Menschen bleiben. Bald jedoch verstrickt sie sich in eine Liebesbeziehung und die Schicksale anderer. Eine Frau, erkennt sie, teilt ihre Probleme mit allen Frauen.
Roman. 298 Seiten. AtV 1826

Kai und die Liebe zu den Modellen
Als Amy Stern schwanger wurde, entschied sie sich, ihr Kind zu bekommen. Jetzt lebt sie mit Kai weitgehend allein, denn sein Vater ist einer der Männer, die meinen, daß ihnen ein landläufiges Familienleben zu wenig Spielraum bietet. Amy hat sich eingerichtet in der Situation, zufrieden ist sie nicht, und so denkt sie sich Modelle aus, wie man auf neue Art zusammenleben könnte.
Roman. 217 Seiten. AtV 1914

Die Ferienfamilie
Für den Sommer zieht Nora mit ihrem eigenen Kind, dem Sohn ihres ersten Mannes und ihrer Nichte in ein Ferienhaus. Die Verhältnisse dieser Ferienfamilie scheinen kompliziert, aber verworrene Beziehungen sind die Kinder gewöhnt. Höchst unterhaltsam werden die Erfahrungen der Scheidungskinder wie die Unsicherheit der Erwachsenen beschrieben. »Ein amüsanter, leicht lesbarer und ein bißchen trauriger Sommerroman.« extrablatt
Roman. 102 Seiten. AtV 1723

Mehr unter
www.aufbau-verlagsgruppe.de
oder bei Ihrem Buchhändler